KB242823

우리 아이 유치원에 다녀요

우리 아이 유치원에 다녀요

우리 아이 유치원에 다녀요

배미경 지음

어깨 위 망원경

처음 문을 열던 그날처럼

유치원 문을 처음 열던 날이 아직도 눈에 선하다. 조심스럽게 문 손잡이를 잡고, 작은 손을 꼭 맞잡은 채 함께 들어섰던 그 순간이. 나 역시 그날의 두근거림을 여전히 기억한다. 아마 아이를 처음 유치원에 보내는 부모님들도 비슷한 심정이실 것이다. 아이의 첫 걸음을 응원하며, 한껏 설레는 마음과 약간의 걱정을 안고 이곳을 찾으셨으리라. 아이는 어쩌면 세상이 처음으로 낯설게 느껴지는 공간에 들어서며, 눈을 동그랗게 뜨고 주변을 살폈을 것이다. 하지만 아이의 그런 첫 발걸음에는 언제나 엄마, 아빠의 용기가 깃들어 있다. 부모님의 따뜻한 손길과 믿음이 있기에 아이는 그 문턱을 넘어설 수 있었다.

그 후로 수십 년, 우리는 수많은 아이들이 이곳에서 자라나는 모습을 함께 지켜보았다. 해마다 새로운 얼굴들이 찾아왔고, 저마다 각기 다른 웃음과 눈물을 보여주었다. 처음에는 엄마를 찾으며 울먹이던 아이도, 얼마 지나지 않아 친구들과 환하게 웃으며 뛰놀기 시작했다. 어떤 날은 작은 오해로 친구와 다투기도 하고, 또 어떤 날은 선생님 품에 안겨 서럽게 울기도 했다. 그러나 그런 모든 순간들이 쌓이고 쌓여 아이는 조금씩 성장해 갔다.

성장은 결코 하루아침에 이루어지지 않는다. 때로는 기다림이 필요하고, 때로는 따뜻한 격려가 필요하다. 아이는 매일 조금씩 자신의 세상을 넓혀갔고, 부모님 역시 아이의 변화에 맞춰 한 걸음 한 걸음 함께 성장해 나갔다. 아이가 새로운 노래를 배우고, 무대에 서서 떨리는 목소리로 인사를 하던 날, 부모님은 박수와 눈빛으로 큰 용기를 주었다. 작은 손에 쥔 첫 그림, 손수 만든 종이 모자 하나에도 부모님은 진심으로 감탄하며 칭찬을 아끼지 않았다. 그런 진심 어린 사랑이 아이를 더욱 단단하게 만들었다.

이 책은 과거의 기록물, 그 이상이다. 아이의 웃음과 눈물, 그리고 수없이 반복된 도전과 성취의 순간들이 고스란히 담겨 있다. 엄마, 아빠가 아이에게 보내준 사랑, 선생님이 곁에서 지켜주며 건넨 따뜻한 관심, 그리고 아이가 용기를 내어 한 걸음씩 내딛은 날들의 이야기. 모두가 한데 어우러져 이 한 권의 책이 되었다. 아이가 처음으로 자기 이름을 또박또박 썼던 날, 친구들과 손을 잡고 함께 노래하던 하루, 슬픔과 기쁨을 함께 나누며 자라나던 시간들. 이 모든 순간이 아이의 성장이라는 커다란 그림을 완성했다.

부모님께 부탁드리고 싶은 말이 있다. 이 책의 페이지를 넘기실 때, 바쁜 마음은 잠시 내려놓고 천천히, 한 장 한 장을 아이와 함께 읽어주시기를 바란다. 그리고 꼭 아이에게 이야기해주셨으면 한다. "너는 정말 멋지게 자라고 있구나." 부모님의 그 한마디는 아이에게 세상 무엇보다 큰 선물임을 믿는

　　　　　　　　　　　우리 아이 유치원에 다녀요

다. 아이는 그 사랑과 응원을 기억하며 앞으로도 흔들림 없이 자신의 길을 걸어갈 것이다.

사랑하는 엄마, 아빠, 오늘도 아이의 손을 따뜻하게 잡아주서서 진심으로 감사드린다. 우리가 함께한 이 소중한 시간을 오래도록 간직하며, 이제 이 이야기를 부모님께 전하고 싶다. 이 한 권의 책이 아이와 가족 모두에게 특별한 추억이 되기를, 그리고 앞으로도 늘 사랑과 용기 속에서 함께 성장해가기를 소망한다.

삼성유치원 원장
배미경 드림

차례

프롤로그 – 처음 문을 열던 그날처럼   4

유치원 첫걸음

아이가 행복한 유치원을 찾아서   14

첫 등원 날의 아침   19

서두르지 않아도 괜찮아   25

설렘 반 걱정 반으로 시작한 3월   29

나에서 우리로, 함께 어울리는 법을 배워요   33

"나 혼자 갈래요!" 우리 아이의 화장실 첫 도전기   37

그림 한 장에 담긴 아이의 세상   41

봄 이야기　　　　　　　　　　　　　　　**새싹처럼 자라는 마음**

3월의 시작　　46

노란 가방 메고 떠나는 생애 첫 모험　　50

엉엉 울다가도 까르르, 아이는 이렇게 자랍니다　　54

오늘은 내가 주인공! 생일 축하해　　59

조금 느려도 괜찮아, 네 걸음이 가장 소중하니까　　62

"엄마, 가지 마!" 현관 앞에서 배우는 이별 연습　　66

눈물 꾹 참고, "다녀올게요!"　　70

여름 이야기　　　　　　　　　　　　　　**땀과 웃음이 가득**

엄마 손 놓고 혼자서, 주먹 꽉 쥐고 시작하는 하루　　76

첨벙첨벙! 온몸으로 만난 여름　　80

수박씨와 아이들의 호기심　　84

크레파스로 그려낸 여름의 색깔　　88

언제 이만큼 자랐니? 한 학기의 마침표　　92

아이와 함께 만든 여름방학　　97

결과보다 빛나는 노력, 고생했어 애들아　　102

가을 이야기　　　　　　　　　　알록달록 추억 수확

엄마 아빠가 최고야! 함께 웃는 참여수업　　108

영차! 온 가족이 하나 된 가을 운동회　　113

고운 한복 입고 손에 손잡고　　117

"우리 애가요?" 몰랐던 모습을 발견하는 학부모 상담　　120

흙 묻은 고사리손으로 캐낸 달콤한 가을 선물　　123

투닥투닥, 다투면서 단단해지는 아이들의 우정　　127

"우리 같이 할까?" 혼자보다 즐거운 함께　　131

부모와 교사가 든든한 한 팀이 될 때　　135

겨울 이야기　　　　　　　　　　따뜻한 마음

하늘에서 내린 하얀 선물! 첫눈 오는 날　　140

아이들의 마음에 내리는 크리스마스의 눈빛　　144

"내가 도와줄게." 아이의 다정한 손길　　147

아이들의 작은 축제, 유치원 발표회　　151

트리 밑에 숨겨둔 아이들의 소원　　156

과정을 함께 칭찬하는 연말의 의미　　160

겨울방학, 아이가 자라는 시간　　164

배움의 즐거움을 지키는 다리, 놀이에서 학교로　　168

유치원에서 배워요

정리 정돈의 달인　174

사소한 일상이 모여 아이에게 보석 같은 순간이 됩니다　178

작은 실패, 큰 성장의 순간들　181

"선생님, 저 혼자 했어요!" 아이들의 환한 웃음　185

배꼽 위에 손! 세상을 향한 첫 인사　188

배움의 첫걸음이 되는 놀이 시간　192

계절이 지나면 아이들의 눈빛도 깊어진다　197

계절을 따라 흐르는 교실 이야기

3월, 낯선 교실이 우리 아이들의 공간이 되기까지　202

4월, 장난감 하나에도 온 마음을 다하는 아이들　207

5월, 우정과 배려 속에서 함께 자라는 시간　211

6월, 작은 책임감이 조금씩 자라나는 교실　216

7월, 여름 속에서 배우고 뛰노는 아이들　220

8월, 잠시 쉬어가며 다시 힘을 모으는 시간　224

9월·10월, 높아진 하늘만큼 부쩍 자란 아이들　228

11월, 아이의 성장을 가장 가까이서 느끼는 계절　232

12월, 마음을 나누는 따뜻한 교실　236

1월·2월, 서툰 이별 속에서 준비하는 새로운 시작　240

에필로그 - 곁에서 나란히 걷는 그 마음　244

유치원 첫걸음

아이가 행복한 유치원을 찾아서

어느덧 30년이라는 시간이 흘렀다. 처음 교육 현장에 발을 디뎠을 때의 설렘과 두려움이 아직도 생생하다. 수많은 아이들의 눈빛을 마주하고, 헤아릴 수 없이 많은 부모님들의 고민을 함께 나누며 걸어온 길이었다. 그 긴 여정 속에서 나는 한 가지 확신을 갖게 되었다. 좋은 유치원의 기준은 우리가 흔히 생각하는 것과는 다르다는 것을.

    우리 아이 유치원에 다녀요

해마다 11월부터 어김없이 찾아오는 신입원아 모집 시즌, 부모님들의 발걸음은 분주해진다. 화려한 시설을 자랑하는 곳, 영어와 한자를 가르친다는 곳, 특별활동이 가득한 곳들을 둘러보며 최선의 선택을 하려 애쓰는 모습들이 눈에 선하다. 그런 부모님들을 볼 때마다 나는 묻고 싶었다. 과연 그것이 아이에게 진정으로 필요한 것일까.

어느 날 한 아이가 내게 물었다. "선생님, 저는 왜 이렇게 느려요?" 그 순간 나는 어떤 대답을 해야 할지 고민했다. 만약 내가 그저 "더 빨리 해보렴"이라 답했다면, 그 아이는 자신이 부족하다고 느꼈을 것이다. 하지만 나는 무릎을 꿇고 아이의 눈높이에 맞춰 말했다. "넌 느린 게 아니야. 신중한 거란다. 그게 네 특별한 점이란다." 그 순간 아이의 표정이 환해지던 모습을 잊을 수 없다.

교사의 작은 눈빛 하나와 아이의 질문에 대하는 태도가 얼마나 큰 영향을 미치는지 현장에서 수없이 목격했다. 아이들은 놀라울 정도로 예민하다. 교사가 진심으로 자신을 바라보는지, 그저 형식적으로 대하는지를 본능적으로 안다. 그들의 자존감과 학습 태도는 바로 이런 미묘한 순간들 속에서 형성된다.

부모님들이 교육 과정의 다양성이나 특강의 개수만 꼼꼼히 따지는 모습을 보며 때로는 안타까움을 느낀다. 물론 그것도 중요하다. 하지만 정작 주목해야 할 부분은 따로 있다. 교사와 아이의 관계는 어떤지, 교사들끼리는 서로 협력하며 성장하고 있는지, 무엇보다 원장의 교육 철학은 무엇인지. 이것들이야말로 유치원의 진짜 모습을 보여주는 거울이다.

한 번은 이런 일이 있었다. 새로 전학 온 아이가 며칠째 울기만 했다. 엄마와 떨어지는 것이 너무 무서웠던 것이다. 어떤 교사는 "울지 마, 씩씩해야지"라고 했을지도 모른다. 하지만 우리는 달랐다. 그 아이가 울고 싶을 때까지 울게 두었다. 곁에서 조용히 등을 쓸어주며 기다렸다. 며칠이 지나자 아이는 스스로 울음을 그쳤고, 어느새 친구들과 웃으며 놀고 있었다.

아이는 프로그램보다 사람을 통해 배우고 성장한다. 이것은 30년 간의 경험을 통해 깨달은 가장 값진 진리다. 아무리

　　　　　　　　　우리 아이 유치원에 다녀요

좋은 교재와 프로그램이 있어도, 그것을 전하는 사람의 마음이 따뜻하지 않다면 아무 소용이 없다. 아이가 하루의 대부분을 보내는 공간에서 따뜻하게 안아주고 기다려줄 사람이 있는지, 실수를 실패가 아닌 성장의 기회로 바라보는 시선이 있는지가 무엇보다 중요하다.

또한 부모와 유치원의 신뢰 관계도 중요하다. 유치원은 아이들의 교육은 물론이고, 가정의 연장선상에서 '또 하나의 집'이 되어 주어야 한다. 부모와 교사가 서로를 신뢰하고 같은 방향을 바라볼 때, 아이는 비로소 안정감을 느낀다. 그 안정감 속에서 아이들은 자신감을 가지고 새로운 것에 도전할 수 있다.

가끔 졸업한 아이들이 찾아온다. 초등학생이 되어, 중학생이 되어, 어떤 아이는 대학생이 되어서도 찾아온다. 그들이 늘 하는 말이 있다. "선생님, 유치원 때가 정말 행복했어요." 그 말을 들을 때마다 가슴이 뭉클해진다. 그들의 기억 속에 남은 것은 화려한 시설도, 특별한 프로그램도 아니었다. 자신을 믿어주고 기다려준 선생님의 따뜻한 손길, 그리고 실수해도 괜찮다고 토닥여준 순간들이었다.

결국 좋은 유치원은 아이가 행복하게 웃는 곳이다. 부모가 안심하며 아이를 맡길 수 있는 곳이다. 그리고 교사가 보람을 느끼며 일하는 곳이다. 이 세 가지가 조화롭게 어우러질 때, 그곳은 진정한 교육이 일어나는 공간이 된다.

30년의 시간이 지난 지금도 나는 여전히 믿는다. 아이들은 저마다의 속도로, 저마다의 방식으로 성장한다는 것을. 우리가 해야 할 일은 그들의 성장을 재촉하는 것이 아니라, 따뜻하게 지켜봐주는 것이라는 것을. 그것이 내가 현장에서 배운 가장 소중한 교훈이다.

   우리 아이 유치원에 다녀요

첫 등원 날의 아침

유치원 첫걸음

유치원 현관문이 열리고 아이들이 하나둘 들어오기 시작했다. 원장으로서 맞이하는 첫 등원 날은 언제나 특별했다. 새벽부터 눈이 떠져 준비를 마치고 현관에 서 있으면, 마치 내가 처음 이 일을 시작했던 날로 돌아간 듯한 기분이 들곤 했다.

첫 아이가 엄마 손을 꼭 잡고 들어왔다. 작은 가방을 메고 새 운동화를 신은 모습이 어쩜 이렇게 사랑스러운지 모르겠다. 나는 무릎을 굽혀 아이와 눈높이를 맞추고 환한 미소로 맞이했다. "안녕? 오늘부터 우리 친구가 되는 거야. 정말 반가워." 아이를 안아주니 작은 몸에서 따뜻한 온기가 전해졌다. 그 순간 엄마의 표정이 스쳐 지나갔다. 불안과 걱정이 뒤섞인 그 눈빛을 나는 너무나 잘 알고 있었다. 잠시 아이의 온기를 느끼며 마음을 다독이려던 찰나, 등 뒤로 거친 소음들이 들이닥쳤다. 문밖은 이미 고요한 만남과는 거리가 먼 풍경이었다.

혼비백산이라는 표현이 정확했다. 첫 등원 날은 부모에게도, 아이에게도, 그리고 우리 교사들에게도 하루가 어떻게 지나가는지 모를 정도로 정신없는 날이다. 현관은 울음소리와 웃음소리, 작별 인사와 격려의 말들로 가득 찼다. 어떤 아이는 씩씩하게 교실로 뛰어들어갔고, 어떤 아이는 엄마 다리를 붙잡고 놓지 않았다.

한 엄마가 아이 앞에서 눈물을 글썽이며 서 있었다. 나는 조용히 다가가 엄마의 어깨에 손을 얹었다. "괜찮아요. 아이는 엄마가 생각하는 것보다 훨씬 강해요. 엄마가 웃으며 보내주시면 아이도 즐거운 하루를 시작할 수 있어요." 그 말을 들은 엄마는 깊은 숨을 들이쉬고는 억지로라도 미소를 지어 보였

 우리 아이 유치원에 다녀요

다. 그리고 아이에게 말했다. "오늘 새로운 친구들을 많이 만날 거야. 엄마가 데리러 올 때까지 재미있게 놀고 있어."

교실 앞에서 한참을 머뭇거리던 또 다른 부모님께는 부드럽지만 단호하게 말씀드렸다. "짧고 확실한 작별 인사가 아이에게는 더 도움이 됩니다. 부모님이 불안해하시면 아이도 불안해 해요." 그 부모님은 고개를 끄덕이며 아이를 꼭 안아주고는 "사랑해. 잘 다녀와"라는 말과 함께 돌아섰다.

교사들에게 아이의 특성을 전하는 부모님들의 모습도 인상적이었다. "우리 아이는 낯을 좀 가려요", "화장실을 혼자 가기 무서워해요", "점심시간에 편식이 있어요" 같은 정보들은 우리가 아이를 더 잘 돌볼 수 있게 해주는 소중한 단서들이었다. 나는 그런 부모님들께 감사의 마음을 전하며, 우리가 아이를 잘 돌보겠다는 약속을 했다.

가장 마음 아팠던 순간은 한 엄마가 자기 아이에게 "저 아이는 울지도 않고 잘 들어가네. 너도 저렇게 씩씩해야지"라고 말했을 때였다. 아이의 눈에 순간 상처받은 듯한 기색이 스쳤다. 나는 재빨리 그 아이에게 다가가 "모든 친구들이 다 달라. 네가 지금 느끼는 마음도 아주 소중해"라고 속삭였다.

오전 내내 현관과 교실을 오가며 아이들을 살폈다. 처음엔 울던 아이들도 시간이 지나면서 조금씩 안정을 찾아갔다. 블록을 가지고 놀기 시작하는 아이, 그림책에 빠져드는 아이, 새로운 친구와 수줍게 인사를 나누는 아이들을 보며 가슴이 뭉클했다.

점심 시간이 되어 현관으로 나와 보니, 아직도 몇몇 부모님들이 유치원 담장 너머로 아이들을 지켜보고 계셨다. 그 마음을 모르는 바는 아니었다. 하지만 나는 알고 있었다. 지금 이 순간의 작은 이별이 아이들에게는 큰 성장의 발판이 된다는 것을. 부모의 용기 있는 한 걸음이 아이의 독립적인 백 걸음을 만든다는 것을.

오후가 되어 하원 시간이 다가왔다. 부모님들이 하나둘 모이기 시작했다. 아침의 그 불안했던 표정들이 이제는 기대와 궁금증으로 바뀌어 있었다. 아이들이 뛰어나오며 "엄마, 오

 우리 아이 유치원에 다녀요

늘 정말 재미있었어!"라고 외치는 소리가 유치원을 가득 채웠다. 어떤 아이는 새로 사귄 친구 이야기를, 어떤 아이는 만든 작품을 자랑스럽게 보여주었다.

한 엄마가 내게 다가와 말했다. "원장님, 아침에는 정말 어떻게 해야 할지 몰랐어요. 그런데 지금 아이 표정을 보니 제가 괜한 걱정을 했나 봐요." 나는 그 엄마의 손을 잡으며 대답했다. "첫날은 누구에게나 특별해요. 엄마도, 아이도 오늘 정말 잘하셨어요."

해가 기울어가는 유치원 마당을 바라보며 생각했다. 오늘 이 아이들에게는 인생의 아주 특별한 순간이 시작된 것이다. 그리고 그 시작을 빛나게 만든 것은 부모님들의 작은 지혜와 용기였다. 불안함을 숨기고 미소를 지어준 엄마, 짧지만 따뜻한 작별 인사를 건넨 아빠, 아이의 손에 작은 가방을 들려주며 자립심을 키워준 부모님들. 그들의 사랑이 있었기에 아이들은 새로운 세상으로의 첫걸음을 당당히 내디딜 수 있었다.

내일도 또 새로운 하루가 시작될 것이다. 하지만 오늘처럼 특별한 첫날은 다시 오지 않는다. 그래서 나는 매년 이날의 기억을 소중히 간직한다. 작은 손을 흔들며 교실로 들어가는 아이들의 뒷모습, 담장 너머로 아이를 바라보는 부모님들의 눈빛, 그리고 그 모든 것을 품어주는 우리 유치원의 따뜻한 공기까지. 이 모든 것이 모여 한 아이의 인생에서 가장 빛나는 출발선이 되는 것이다.

우리 아이 유치원에 다녀요

서두르지 않아도 괜찮아

유치원 첫걸음

　'유치원 입학'이라는 단어를 처음 마주하는 순간, 부모는 설렘과 불안이 맞닿은 경계에 서게 된다. 아이만 새로운 세상으로 나아가는 것이 아니라, 어른들 역시 '학부모'라는 낯선 자리에 처음 초대받은 기분일 테니까. 이 작은 아이가 낯선 환경에 잘 적응할 수 있을까, 혹시 첫날부터 울지는 않을까, 친구들에게 금세 다가갈 수 있을까. 뭉클함과 걱정이 파도처럼 번갈아 부모의 마음을 덮었을 것이다.

입학 첫날, 부모는 교실 앞에서 또 한 번 시험대 위에 오른다. 복도 한쪽에 서서 아이가 교실 안으로 들어가는 모습을 애틋하게 지켜보는 부모들을 볼 때면, 곁에서 지켜보는 내 심장마저 두근거려 견딜 수가 없다. 그때, 교실 문턱을 겨우 넘어선 한 아이가 발을 동동 구르며 말했다. "엄마, 나 무서워…" 그 조그만 손이 엄마의 품을 찾았고, 엄마는 아이를 꼭 안아주었다. 그리고 아주 작은 목소리로 속삭였다. "엄마는 여기 있어. 네가 들어가는 걸 지켜보고 있을게." 그 한마디가 주는 힘을 나는 그날 실감했다. 잠시 후 아이는 교사의 손을 잡고 교실로 들어섰고, 엄마는 복도에 서서 그 작은 뒷모습이 완전히 사라질 때까지 한참을 바라보았다.

그날 이후, 아이가 "나 혼자 할래"라고 말하는 순간들이 찾아오기 시작한다. 부모로서는 처음엔 내심 서운하고 걱정도 앞섰을 것이다. 정말 혼자 잘 해낼 수 있을까 싶겠지만, 곧 그것이 성장의 신호임을 깨닫게 된다. 아이가 혼자라는 감정을 느끼면서, 두려움을 이겨내고 작은 걸음을 내딛는 그 순간 순간이 곧 세상과 만나는 연습이다.

 우리 아이 유치원에 다녀요

아이들은 낯선 상황에서 부모의 태도를 보고 배운다. 자신의 불안한 표정이 아이에게 고스란히 전해질까 두려워, 부모는 애써 웃음을 짓는다. "괜찮아, 네가 할 수 있어." 확신을 담아 아이에게 말할 때마다, 부모 역시 조마조마한 스스로의 마음을 다독였을 것이다. 때로는 불안을 들킬까 봐 겁이 나겠지만, 웃는 얼굴로 아이의 등을 밀어주는 것이 부모가 줄 수 있는 최고의 응원임을 나는 굳게 믿는다.

3월은 기다림의 미학을 지닌 달이라는 말은 어쩌면 이토록 정확할까. 유치원의 3월은 엄마와 아이 모두에게 설렘과 떨림, 그리고 작은 두려움이 뒤섞이는 달이다. 아이는 새 친구, 새로운 선생님, 낯선 공간 앞에서 서툰 첫발을 내딛는다. 그 작은 발걸음에 얼마나 큰 용기가 담겨 있는지 나는 비로소 알 수 있었다.

처음에는 울 수도 있고, 낯선 마음에 가방을 제때 내려놓지 못할 수도 있다. 교실 안으로 들어가는 것조차 한참을 망설일지도 모른다. 하지만 그 모든 과정이 아이가 세상과 관계를 맺는 첫 연습이라는 것을 알기에, 나는 조급함을 내려놓으려 노력했다. "왜 아직 적응을 못 할까?"라는 걱정보다는, "우리 아이가 조금씩 성장하고 있구나"라는 믿음을 더 크게 키웠다. 아이는 단번에 완성된 모습으로 자라지 않는다. 유치원에서의 3월은 마치 하얀 스케치북 위에 색을 하나씩 칠해가는 과정과 같다. 아직 빈 곳이 많지만, 시간이 지나면 그 그림은 분명 아름답게 완성될 것이다.

가장 중요한 것은 기다림이라는 것을, 나는 그때서야 온전히 받아들였다. 기다림이 곧 사랑이라는 말의 깊이도 새삼 깨달았다. 나의 느긋한 기다림 속에서 아이는 천천히, 그러나 아주 단단하게 자라고 있다. 그 성장의 순간들을 함께 지켜보며, 나 역시 조금씩 단단해졌음을 느꼈다.

오늘도 나는 3월의 유치원 복도에 서서, 나를 향해 작은 손을 흔들며 멀어지는 아이의 뒷모습을 바라본다. 아이의 마음은 여전히 두렵고 떨리겠지만, 나의 이 굳건한 믿음이 사랑이 되어 아이에게 온전히 가닿기를 조용히 기도한다. 그리고 다짐한다. 아이가 세상 밖으로 내딛는 모든 첫걸음을, 앞으로도 따스한 기다림으로 지켜주겠다고.

  우리 아이 유치원에 다녀요

설렘 반 걱정 반으로 시작한 3월

입학식이 끝난 뒤, 봄바람은 아직 쌀쌀함을 머금고 유치원 현관 앞을 스치고 있었다. 나는 그 자리에서 아이들의 얼굴을 바라본다. 아이들은 작은 손을 꼭 잡고, 엄마 곁에 바짝 붙어 서 있다. 그 얼굴마다 설렘과 두려움이 묘하게 얽혀 있다. 세상에 첫 발을 내딛는 아이들의 마음이란, 아마도 꽃봉오리가 터지기 직전의 떨림과 닮아 있을 것이다.

교실 문을 열면 색색의 이름표들이 벽을 수놓고 있다. 노란색, 분홍색, 하늘색. 작고 둥근 글씨로 아이들의 이름이 적혀 있다. 아이들은 조심스레 벽면을 훑고, 서로를 바라본다. 아직은 낯설고 어색한 미소, 말없이 주고받는 작은 눈인사. 스스로도 어떻게 해야 할지, 어깨에 힘이 들어간 모습이 사랑스럽다.

그때, 담임선생님이 환하게 미소 짓는다. 부드러운 목소리로 한 아이의 이름을 부른다. "코코야, 우리 반에 온 것을 환영해. 오늘은 선생님이랑 친구들이랑 재미있는 놀이를 할 거야." 아이는 멈칫, 엄마 곁에 숨듯 서 있다. 그러나 선생님의 따뜻한 말 한마디는 천천히 아이의 긴장을 풀어준다. 아이는 얼굴을 들고 선생님을 바라본다. 여전히 두려움도 남아 있지만, 그 안에 작은 기대가 피어오른다.

"친구랑 블록 놀이 해볼래?" 선생님의 제안에 아이는 망설인다. 하지만 서서히, 아주 천천히 그 조그만 손이 엄마 손에서 떨어진다. 아이는 선생님을 따라 소심하게 걸음을 옮긴다. 그 순간, 옆자리의 또래 친구가 다가온다. "이거 내가 만든 기차야. 너도 같이 갖고 놀래?" 아이는 약간 놀란 듯 바라보더니,

   우리 아이 유치원에 다녀요

머뭇거리며 미소를 지어 보인다. 그리고 작은 손으로 블록을 하나씩 이어 붙인다. 처음 보는 친구와 함께 블록을 쌓으며, 아이의 얼굴에도 조심스러운 웃음이 번진다. 그 모습을 바라보는 내 마음도 모르게 따뜻해진다. 아이가 처음으로 친구와 어울리며 웃는 순간을 목격하는 건 원장으로서, 또 한 사람의 어른으로서 한없이 뭉클한 일이다.

나는 아침이면 아이들에게 그림책을 읽어준다. 유치원에 적응하느라 울먹이던 만 3세 아이들도 그림책이 펼쳐지면 이내 조용히 귀를 기울인다. 눈물이 그렁그렁한 채로 동화 속 이야기에 빠져드는 아이들의 모습에서, 나는 새로운 세계를 받아들이려는 그 작은 용기를 본다. 처음 만나는 친구, 처음 마주하는 선생님, 처음 듣는 교실의 소리, 그리고 낯선 책의 이야기. 모든 것이 처음인 이 시간들이 아이의 세상을 넓혀주는 눈부신 첫걸음임을 나는 안다.

3월의 유치원은 언제나 그렇다. 아직은 겨울과 봄이 뒤섞인 듯 서늘하고 어딘가 낯설지만, 그 속에는 분명 다정한 따뜻함이 스며 있다. 아이들이 품고 온 용기와 설렘은 이 낯선 공간

에서 천천히 자라난다. 잔뜩 긴장했던 표정이 서서히 풀리고,
조심스레 건네던 작은 인사가 마침내 환한 웃음으로 피어나는
날이 온다. 그렇게 아이는 세상과 한 걸음 더 가까워진다. 그리
고 나는, 그 용감한 첫걸음을 곁에서 함께할 수 있음에 조용히
감사한다.

　　　　　　　　　　　　　　　우리 아이 유치원에 다녀요

나에서 우리로, 함께 어울리는 법을 배워요

며칠이 지나면서, 우리 아이들의 표정에는 조금씩 변화가 찾아왔다. 유치원 현관문을 열고 들어오는 발걸음이 한결 당차졌고, 쑥스러움 대신 반가운 인사가 먼저 튀어나왔다. "선생님! 제 친구 이름은 민지에요. 오늘 같이 놀 거예요!"라며 아이는 수줍게, 그러나 분명한 목소리로 새로운 친구를 내게 소개했다. 어제 너무 재미있게 그림을 그렸다고 자랑스레 이야기하기도 한다. 친구 이름을 또렷하게 부르고, 함께한 하루를 신나게 풀어내는 그 얼굴에는 환한 빛이 가득했다.

아이의 눈동자가 반짝이는 그 순간, 나는 아이가 사회라는 작은 우주에 첫발을 내딛고 있음을 실감한다. 가족이라는 익숙한 울타리 안에서만 지내던 아이가, 이젠 '민지'라는 이름을 가진 또 다른 존재와 어울리며 하루를 보낸다. 아이의 입에서 친구 이름이 자연스럽게 흘러나올 때, 그 친근한 리듬에 나까지도 미소가 번진다. 아이가 신나서 이야기할 때마다 내 마음에도 작은 설렘이 피어오르곤 한다.

물론, 모든 날이 평탄하지만은 않다. 어느 날은 씩씩거리며 "민지가 내 장난감을 뺏었어. 그래서 나 화났어."라고 불평하기도 한다. 작고 여린 손으로 꽉 쥔 장난감, 그리고 화난 어투에는 억울함과 서운함이 뒤섞여 있다. 그럴 때마다 나는 아이의 이야기를 조용히 들어주며, 스스로 감정을 정리할 수 있도록 차분히 기다려준다.

화가 난 아이는 곧 자신만의 방식으로 문제를 풀어나가기 시작한다. 양보하는 법을 배우고, 마음이 풀리지 않을 때는 "미안해"라는 말을 조심스레 입에 올려보기도 한다. 그 쑥스러운 사과 끝에는 이내 두 아이의 웃음소리가 교실 가득 번진다. 실

   우리 아이 유치원에 다녀요

망하다가도 금세 화해하고 다시 손을 잡는 모습을 볼 때마다, 나는 아이가 조금씩 세상의 질서를 배워간다는 사실에 대견함을 느낀다.

유치원은 우리 아이들에게 세상으로 나아가는 첫 연습장이다. 부모의 품을 잠시 벗어나 새로운 규칙과 관계를 만나는 곳. 다투었다가도 곧 화해하고, 감정을 솔직하게 드러내며, 때로는 자신의 것을 내어주는 법을 배운다. 로버트 풀검의 책 『내가 정말 알아야 할 모든 것은 유치원에서 배웠다』에서 말하듯, 유치원에서의 배움은 결코 하찮거나 단순하지 않다. 인생을 살아가며 수없이 마주할 핵심적인 가치와 태도, 인간관계의 기초가 바로 이곳에서 시작된다는 사실을 나는 다시금 깨닫는다.

아이는 유치원에서 배운 것들을 매일 반복하며 확인한다. 친구의 이름을 기억하는 기쁨, 함께 그림을 그리며 나누는 즐거움, 다투고 화해하며 배우는 이해와 관용, 먼저 사과하는 작은 용기와 다시 함께 웃는 법까지. 아이의 하루하루에는 그런 소중한 배움이 쌓여간다. 그 과정에서 아이의 마음은 단단해지고, 세상을 마주할 힘을 조금씩 얻어간다.

　　나는 이제 안다. 우리가 어른이 되어 살아가는 동안에도, 유치원에서 배운 것들은 끝없이 되풀이된다는 사실을. 때로는 잊고 살다가도 결정적인 순간마다 떠오르는 그 작은 규칙과 따뜻한 마음들이 우리 삶을 지탱해 준다는 것을. 아이가 자랑스럽게 친구 이름을 부르며 환하게 웃을 때마다, 나 역시 유치원에서 배운 그 소중한 가르침을 깊이 되새겨본다.

"나 혼자 갈래요!" 우리 아이의 화장실 첫 도전기

아이에게 화장실을 혼자 가는 일은 어른의 생각보다 훨씬 더 큰 도전일 때가 많다. 어른이 된 나는 하루에도 몇 번씩 아무 생각 없이 화장실을 오가지만, 아이에게 그 순간은 마치 험한 산을 오르는 것만큼이나 거창한 모험이라는 사실을 종종 잊곤 한다.

집에서는 늘 엄마 아빠, 혹은 사랑하는 누군가가 곁에 있어 주었기에 두려울 것이 없었을 테다. 화장실 문 앞에서 울음을 터뜨릴 일도, 노크를 여러 번 할 필요도 없었을 것이다. 문 너머에는 언제나 따뜻한 목소리와 다정한 손길이 기다리고 있었으니까. 하지만 유치원이라는 낯선 공간에서 처음으로 스스로 문을 밀고 들어가야 할 때, 아이의 마음 한구석에는 숨겨 둔 걱정과 두려움이 슬며시 고개를 든다.

처음에는 아이도 용기가 나지 않는다. "선생님, 같이 가주세요." 그 손끝에 스며든 떨림을 느낄 때마다 내 마음도 덩달아 조심스러워진다. 그렇게 며칠을 곁에서 지켜보며 "괜찮아, 네가 할 수 있어"라고 다독여 준다. 그러면 어느새 아이의 표정에는 이전보다 한결 단단한 빛이 깃들기 시작한다.

그리고 드디어, 아이는 나지막이 속삭인다. "저 혼자 다녀올게요." 그 한마디가 깊은 울림이 되어 내 마음을 툭 건드렸다. 잠시 후 아이가 화장실에서 혼자 걸어 나오며 "선생님, 나 다 했어요!" 하고 밝게 웃을 때, 나는 그 웃음 안에 가득 찬 분명한 자랑스러움을 읽는다. "나 해냈어요", "이제 조금 더 컸어요"라는 속삭임이 공기를 가득 채우는 듯하다.

  우리 아이 유치원에 다녀요

아이의 이 작은 독립이 얼마나 대견하고 사랑스러운지 모른다. 혹시라도 가정에서 아이가 "나 혼자 화장실 다녀왔어!" 하고 자랑스레 말한다면, 부모님들은 그 순간을 놓치지 말고 아낌없이 칭찬해 주었으면 한다. 내가 어릴 적 혼자 신발을 신었을 때, 혼자 밥을 먹었을 때 부모님의 칭찬이 얼마나 큰 힘이 되었는지 아직도 기억이 생생하기 때문이다. 그때 받은 따뜻한 말 한마디는 스스로를 믿고 또 한 번 도전하게 해 준 보이지 않는 날개가 된다.

우리 아이들에게도 그 응원이 꼭 필요하다. "잘했어!", "정말 대단하구나!"라는 말 한마디, 다정한 미소 한 번이 아이에게는 세상을 여는 열쇠가 된다. 어릴 적의 나와 지금의 아이, 세대가 달라도 혼자 해내는 첫 경험의 떨림과 벅찬 기쁨은 똑같다.

오늘, 코코는 용기를 내어 혼자 화장실을 다녀왔다. 그리고 세상을 다 가진 듯 환하게 웃으며 내게 말했다. 그 미소 속에는 크나큰 자부심과 자신감, 이제 막 시작된 독립의 첫걸음이 담겨 있었다. 코코의 이 작은 독립이 앞으로 어떤 눈부신 성장을 불러올지 마음 깊이 응원하게 된다.

　화장실, 어른에게는 지극히 당연한 공간이지만 아이에게
는 위대한 성장의 출발점이다. 아주 작은 용기가, 아주 작은 독
립이 아이를 더 큰 세상으로 이끈다는 사실을 나는 오늘 다시
금 마음에 새긴다.

　우리 아이 유치원에 다녀요

그림 한 장에 담긴 아이의 세상

유치원에서의 첫 그림은 단순한 놀이가 아니다. 아이들에게 그림 그리기는 "나는 여기 있어요!" 하고 세상에 조용히 말을 거는 방식이다. 아직 글씨를 쓰거나 문장을 완성할 수 없는 작은 손들, 그 손끝에서 태어나는 선과 색깔은 아이들이 자신을 표현하는 가장 강력한 도구다.

나는 아이들의 그림을 볼 때마다 깊은 생각에 잠긴다. 오늘 그린 삐뚤삐뚤한 선, 동그라미, 알록달록한 색깔 속에는 분명 '이게 내 세상이야'라는 메시지가 숨어 있다. 초록빛으로 칠한 하늘, 빨갛게 물든 해, 거꾸로 그려진 사람. 어른의 눈에는 낯설고 엉뚱하게만 보이는 풍경들이 아이들에게는 너무도 당연하고 자연스러운 자기 표현이다. 나는 이런 그림을 마주할 때면 한 아이가 자기만의 세상을 얼마나 용기 있게 펼쳐내는지, 그 자유로움에 늘 감탄한다.

그림에는 말로 다 하지 못하는 마음이 담긴다. 언어로 표현할 수 있는 것이 제한적인 시기, 아이들은 도화지 위에 자기 생각을 아낌없이 쏟아붓는다. 종이 위에 점 하나를 콕 찍고 "이거 나야", "이건 엄마야", "이건 바다야"라고 당당하게 말하는 모습. 어깨를 으쓱이며 설명하는 아이의 얼굴에는 자신의 세상을 보여주고 싶어 하는 자부심이 반짝인다. 언뜻 보면 의미를 알 수 없는 흔적처럼 보이지만, 그 안에는 아이가 느끼는 세상, 사랑하는 존재, 그리고 자신이 품은 감정이 고스란히 담겨 있다.

나는 부모님들에게 아이가 그림을 가져왔을 때 "이게 뭐야?"라고 묻기보다는, "이 그림에서 네가 가장 좋아하는 부분이 어디야?"라고 물어보기를 권하곤 한다. 그림 앞에서 정답을 찾거나 무엇을 그렸는지 해석하려 하기보다, 그저 한 장의 그림을 통해 아이의 마음을 있는 그대로 만나보라는 뜻이다. 진짜 따뜻하고 깊은 대화는 바로 거기서 시작된다.

아이의 세계는 어른들이 생각하는 것보다 훨씬 넓고 깊다. 아직 글씨를 몰라도, 말이 서툴러도 그림으로 자신을 드러내는 아이들의 진심은 누구보다 크고 선명하다. 그래서 나는 아이들의 첫 번째 그림을 단순한 작품을 넘어선 성장의 기록으로 바라본다. 그 한 장 한 장 속에 쌓여가는 선과 색, 점과 동그라미들은 아이가 훌쩍 자라나고 있다는 증거다. 어쩌면 우리는 그 그림 한 장에서, 아직 다 꽃피지 않은 몽글몽글한 마음의 움직임까지 만날 수 있을지 모른다.

유치원 교사로서, 그리고 어른으로서 나는 오늘도 아이들이 그려내는 작은 세상을 경이롭게 바라본다. 그 안에 담긴 용기와 자유로움, 따뜻한 마음을 오래도록 기억하고 싶다. 아이의 첫 그림은 그렇게 우리 모두에게 잊지 못할 성장의 한 순간으로 남는다.

새싹처럼 자라는 마음

3월의 시작

3월이 되면 유치원은 유난히 분주해진다. 복도에는 작은 신발들이 바삐 오가고, 교실 문 앞에서는 기나긴 이별이 매일같이 반복된다. 새로운 아이들을 맞이하고 새로운 부모님들과 첫인사를 나누는 일. 매년 마주하는 익숙한 풍경임에도 내 마음 한구석에는 늘 새로운 설렘과 무거운 책임감이 자라난다. 이 분주함 속에서 나는 늘 같은 생각을 한다. 저 작은 어깨들이 세상과 첫걸음을 떼는 이 순간, 도대체 얼마나 큰 용기가 필요할까 하고 말이다.

 우리 아이 유치원에 다녀요

교실 문 앞에서 기어이 울음을 터뜨리는 아이를 볼 때면, 그 낯선 두려움이 나에게까지 고스란히 전해지는 듯하다. 엄마의 손을 꽉 잡고 절대 놓지 않으려 애쓰는 아이가 있는가 하면, 반대로 호기심 가득한 눈빛으로 교실 곳곳을 탐험하며 이 낯선 공간을 기어코 자기 것으로 만들려는 아이도 있다. 해마다 반복되는 모습들이지만, 내 마음은 결코 이 풍경이 주는 경이에 무뎌지지 않는다. 한 아이 한 아이의 표정과 몸짓을 바라볼 때마다 가슴이 뭉클해지고, 처음으로 세상과 마주하는 그 거대한 용기에 경이로움을 느낀다.

특히 기억에 남는 아침이 있다. 어느 날, 한 아이가 눈물을 그렁그렁 머금은 채로 교실 문을 들어섰다. 작은 손으로 눈가를 자꾸만 훔치며, 발걸음은 어찌나 무겁던지. 그 아이에게 세상은 아직 너무 크고, 낯설고, 서글픈 곳이었을 것이다. 그때 담임 선생님이 다가가 조용히 아이의 이름을 불렀다.

"유빈아, 선생님이랑 우리 반 친구들이 다 기다리고 있어. 유빈이가 오기만을 말이야."

짧은 그 한마디에 아이의 어깨가 조금 풀어졌다. 머뭇거리던 유빈이가 선생님의 손을 맞잡는 순간을 나는 잊을 수 없다. 그 작고 따뜻한 손에 온 마음을 실어 선생님을 의지하는 모습. 그 순간 나는 다시 한 번 깨달았다. 아이는 기다려주는 누군가가 있다는 사실만으로도 첫 발걸음을 떼는 용기를 낼 수 있다는 것을. 기다려주고 믿어주는 힘이야말로, 누군가의 세상을 넓혀주는 진짜 시작임을 말이다.

불과 하루가 지났을 뿐인데, 그 아이는 새로운 친구들과 어울려 씩씩하게 블록을 쌓고 있었다. 어제의 굵은 눈물 방울은 어느새 사라지고, 환한 웃음소리가 교실 가득 퍼져나갔다. 그 모습을 흐뭇하게 바라보며 나는 생각했다. 바로 이것이 유치원이 가진 진짜 힘이라고. 함께 배우고, 기다려주고, 서로를 믿어주는 힘. 어른이 되면 너무도 쉽게 잊어버리는 그 힘이, 아이들의 첫 사회에서 이렇게 소중하게 피어난다는 사실에 다시 한 번 마음이 뜨거워졌다.

3월은 언제나 새로운 시작의 달이다. 새로운 친구, 새로운 선생님과의 만남이 한 아이의 세상을 얼마나 끝없이 넓혀주는

 우리 아이 유치원에 다녀요

지, 나는 매년 이 시기마다 몸소 느끼고 또 다짐한다. 오늘도 나는 복도 한쪽에서 조용히 기도한다. 이 작은 만남이, 이 작은 용기가 모여 아이들의 긴 인생에 든든한 첫걸음이 되어주기를. 그리고 내가 그 빛나는 길에 오래도록 함께할 수 있기를.

노란 가방 메고 떠나는 생애 첫 모험

오늘은 나에게도, 그리고 우리 아이들에게도 정말 특별한 날이다. 간밤부터 마음이 들떴는지 평소보다 일찍 엄마 손을 잡고 등원하는 아이들이 많아, 나 역시 일찍 출근해 반갑게 아이들을 맞이했다. 창문 너머로 스며드는 부드러운 봄빛에 오늘의 설렘이 한층 더 커지는 듯하다. 등원을 맞이하며 바라본 아이의 얼굴에는 소풍에 대한 기대와 약간의 긴장감이 묻어 있다. 아직은 부모의 품이 편하고 낯선 곳에 대한 두려움도 크겠지만, 오늘만큼은 친구들과 함께 작은 모험을 시작할 용

 우리 아이 유치원에 다녀요

기를 내는 그 모습이 참으로 기특하다.

처음으로 친구들과 손을 잡고 걷는 봄길. 아이가 걸음마다 느낄 낯설지만 반가운 흙냄새, 손끝으로 스치는 풀잎의 촉감, 그리고 올려다본 하늘의 푸르름 속에서 아이의 마음에는 분명 새로운 세상이 열릴 것이다. 익숙했던 집과 교실을 벗어나, 자연이라는 더 넓은 세상에서 자신만의 시선으로 풍경을 눈에 담고 작은 소리에도 귀 기울이며 마음껏 호흡한다. 이 모든 과정이 비록 짧은 하루일지라도 우리 아이들에게는 눈부신 '성장'의 시간이다.

나는 아이의 이 작은 성장과 용기를 힘껏 응원하고 싶다. 아침 일찍 도시락을 쌌을 엄마의 손끝에도 오늘은 평소보다 더 많은 정성과 사랑이 깃들었을 것이다. 뚜껑을 열었을 때 아이가 좋아할 음식이 가득하고, 자연 속에서 친구들과 도란도란 나누어 먹을 생각을 하니 내 입가에도 절로 미소가 번진다. 집에서 먹던 밥 한 숟갈, 엄마가 썰어준 과일 한 조각도 오늘만큼은 특별하다. 봄바람을 맞으며 먹는 도시락 속에는, 아이가 그동안 몰랐던 감사와 소중함이 고스란히 스며들 것이다.

아이의 작은 손으로 쉽게 꺼내 먹을 수 있도록 간식을 용기에 담아 보낸 엄마의 센스도 돋보인다. 혹여나 아이가 흘리지는 않을까 걱정되면서도, 스스로 해낼 수 있기를 믿으며 정성껏 준비했을 부모의 마음이 엿보인다. 누군가는 사소하게 넘길 수도 있지만, 이런 준비 하나하나가 아이에게는 세상을 만나는 작은 훈련이자 부모의 따뜻한 배려로 남는다.

소풍이 끝나고 집으로 돌아간 아이가 "엄마, 아빠 보고 싶었어요"라고 말한다면, 부모님들은 그 말속에 숨어있는 아이의 용기와 훌쩍 자란 마음을 먼저 알아봐 주었으면 좋겠다. 비록 부모의 품이 그리워지는 순간이 있었을지라도, 혼자서 혹은 친구와 함께 씩씩하게 해낸 시간이 있었기에 그런 마음도 자라난 것이니 말이다. 작은 걱정과 두려움, 그리고 그 모든 걸 이겨낸 성취감이 아이의 반짝이는 눈빛과 웃음 속에 모두 담겨 있을 테니.

오늘 하루, 첫 소풍을 통해 아이도, 나도, 그리고 가족 모두가 따뜻한 봄날의 기억을 마음속에 오래도록 간직하기를 바란다. 끝으로 소풍을 처음 보내는 학부모님들께 작은 팁을 전한다. 간식은 아이가 먹을 만큼만, 그리고 열기 쉬운 용기에 담아 보내는 세심한 센스가 아이의 하루를 훨씬 편안하게 만들어준다. 무엇보다 오늘만큼은 아이의 작은 모험을 온 마음으로 응원해 주자. 그 설렘과 성장의 순간이, 평생 잊지 못할 든든한 추억이 되어줄 것이다.

엉엉 울다가도 까르르, 아이는 이렇게 자랍니다

오늘 아침, 평소처럼 복도에 나와 서류를 정리하던 내게 한 아이가 다급히 달려왔다. 마치 세상에 큰일이라도 난 듯, 작은 손으로 내 손을 꼭 잡아끌며 "원장님!" 하고 부르는 목소리에는 절박함이 묻어 있었다. 눈가에 맺힌 투명한 물방울, 그리고 손끝에서 전해지는 미세한 떨림을 통해 나는 아이가 겪고 있는 어려움이 결코 가볍지 않음을 직감했다. 이내 아이의 입술이 살짝 떨리며 "민수가 내 크레파스 뺏었어요."라는 말이 쏟아져 나왔다.

   우리 아이 유치원에 다녀요

이 순간, 나는 아이의 마음속에서 어렴풋이 솟아오른 세상을 향한 첫 번째 '서운함'을 마주했다. 집에서는 모든 것이 자기 것 같았던 아이가, 이제 자신이 가진 것을 누군가에게 빼앗긴다는 감정을 처음 경험한 것이다. 나 역시 어린 시절의 기억 한 자락이 떠올랐다. 나도 언젠가는 누군가의 행동에 속이 상해, 촉촉히 젖은 눈으로 어른에게 마음을 털어놓았던 적이 있었으리라.

유치원은 아이들에게 '첫 번째 사회'와도 같다. 이곳에서는 모든 것이 내 마음대로만 흘러가지 않으며, 함께 나누고 양보하며 살아가는 법을 배워야 한다. 그것이 어디 그리 쉬운 일이겠는가. 나 역시 어른이 되어서야 겨우 조금씩 양보와 배려를 익혔거늘, 아이들에게 이 작은 충돌 하나하나는 세상에 대한 거대한 도전일 것이다.

처음은 누구에게나 쉽지 않다. 익숙하지 않은 환경 속에서 아이들은 때로는 울고, 때로는 화를 내며 깊은 서운함에 잠기기도 한다. 그런 감정의 늪에 빠진 아이를 마주할 때마다 나는 무어라 말해야 할지, 어떻게 다가가야 그 마음이 부드럽게 풀릴지 늘 고민한다. 오늘도 나는 코코에게 조심스레 말을 건넸다.

"코코야, 네 마음이 많이 속상했구나. 그런데 우리 민수에게도 네 마음을 이야기해 주자. 네가 정말 속상했다는 걸 민수도 알게 해 주자." 나는 아이의 손을 잡고 교실로 들어가, 민수에게 다가가 속상한 마음을 직접 전해보라고 독려했다. "민수야, 나 화났어. 내 크레파스 돌려줘."

아이의 목소리는 조금 떨렸지만, 기어이 용기를 내어 자신의 마음을 표현했다. 그 순간 민수의 얼굴에도 변화가 일어났다. 조금 당황한 듯하더니 곧 고개를 숙이며 "미안해"라고 작게 말했다. 그 한마디에 두 아이의 굳었던 표정이 순식간에 풀어졌고, 이내 둘은 나란히 앉아 웃으며 다시 그림을 그리기 시작했다. 짧은 시간 사이, 아이들은 울음과 화해, 그리고 다시 웃음을 경험했다.

이런 모습을 지켜볼 때마다 나는 두 아이가 얼마나 크게 성장했는지 새삼 깨닫는다. 다툼 자체가 나쁜 것이 아니라, 다

　　　　　　　　　　　　우리 아이 유치원에 다녀요

툼을 통해 내 감정을 솔직히 말하는 법을 배우고 친구의 마음을 헤아리게 되는 이 과정이 얼마나 소중한지 뼈저리게 느낀다. 다시 친구가 되는 법을 배우는 그 순간, 아이들의 마음은 한 뼘 더 넓어진다.

이 모든 과정을 곁에서 지켜보는 우리 어른들의 역할은 생각보다 단순하다. 아이가 울음을 터뜨릴 때 무작정 달래거나 대신 해결해 주기보다는, 아이의 감정을 온전히 인정해 주고 그 감정이 자연스럽게 흘러가도록 지켜봐 주는 것이다. 아이가 집에 돌아가 그날 있었던 다툼 이야기를 꺼낼 때, 부모님께서 "그랬구나, 정말 속상했겠다. 그런데 어떻게 다시 친구가 됐어?"라고 물어봐 주신다면 어떨까. 그것만으로도 아이는 자신의 감정을 편안하게 이야기하며, 스스로 친구가 되어가는 과정을 되짚어볼 수 있는 힘을 얻는다.

이 다정한 질문 하나가 아이의 사회성 발달에 얼마나 큰 자양분이 되는지 나는 매일 현장에서 직접 확인한다. 아이들은 유치원에서 날마다 크고 작은 부딪힘을 겪으며 서로 배려하고 양보하는 법을 터득한다. 그리고 그 눈부신 성장의 순간

마다, 부모님의 든든한 믿음과 따뜻한 관심이 든든한 버팀목
이 되어준다.

　작은 손끝에서 시작된 떨림은, 어느새 친구와 함께 웃으
며 그림을 그리는 손짓으로 바뀐다. 나는 그 변화의 순간, 아이
곁에 오래도록 머물며 조용히 마음을 다해 응원한다. 아이들
은 그렇게, 울음 너머의 세계에서 한 걸음씩 성장한다. 부모와
교사가 아이의 마음을 믿어주고 기다려줄 때, 아이들은 세상
을 향해 더욱 힘차게 나아갈 수 있음을 오늘도 다시금 느꼈다.

우리 아이 유치원에 다녀요

오늘은 내가 주인공! 생일 축하해

봄 이야기: 새싹처럼 자라는 마음

오늘은 유치원에서 조금 특별한 하루였다. 평소와는 다르게 교실 한가운데에는 반짝이는 작은 왕관을 쓴 친구들이 앉아 있었다. 아이들의 머리 위에 살짝 얹힌 그 왕관은, 마치 오늘만큼은 이 세상의 주인공이 바로 이 아이들이라는 것을 조용히 알려주는 것 같았다. 의자에 앉은 생일 친구들의 얼굴에는 세상에서 가장 환한 미소가 피어 있었고, 그 미소는 교실 구석구석을 빛으로 가득 채웠다.

“생일 축하합니다~” 하고 친구들이 힘껏 부르는 노래가 교실을 울려 퍼졌고, 그 소리에 맞춰 내 마음도 덩달아 두근거렸다. 아이들은 그 순간 눈을 반짝이며 내게 속삭이듯 말했다. “나 오늘 진짜 행복해!” 그 한마디를 듣는 순간, 나는 이 자리가 아이들에게 얼마나 소중한지, 그리고 이 순간이 아이들의 마음에 어떻게 남을지 다시 한 번 깊이 깨달았다.

생일파티는 단순히 케이크에 촛불을 끄는 행사가 아니었다. 이날 아이는 비로소 자신이 사랑받고 있다는 사실을 온몸으로 느낀다. 친구들이 함께 불러주는 축하 노래, 선생님의 따뜻한 포옹, 부모님의 사랑이 가득 담긴 편지, 그리고 작은 간식 한 조각과 정성스러운 선물. 이 모든 것이 그 아이에게 “너는 소중한 사람이야”라는 메시지를 전하고 있었다.

돌이켜보면, 나 역시 그랬다. 어린 시절, 생일이면 부모님께서 꼭 해주시던 말이 있었다. “네가 우리 가족에 와줘서 정말 고마워.” 그 한마디는 다른 어떤 선물보다 더 큰 힘이 되어주었다. 아이의 생일에 건네는 이런 따뜻한 말은 평생 아이의 자존감을 지켜줄 든든한 기둥이 될 것임을 나는 경험으로, 그

 우리 아이 유치원에 다녀요

리고 오늘 아이들의 눈빛을 통해서 다시금 확신할 수 있었다.

생일이 지나고 아이가 내게 말했다. "선생님, 나 내일도 또 생일하고 싶어!" 아이의 이 소망이 단순히 선물이나 케이크 때문만은 아니라는 것을 나는 누구보다 잘 알고 있다. 생일이라는 특별한 날, 아이는 평소보다 조금 더 크게 축복받고 사랑받는 기분을 느낀다. 그 충만한 기쁨이 아이의 얼굴을 환하게 비추고, 그 따뜻한 기억이 앞으로 살아갈 날들에 큰 힘이 되어줄 것이다.

유치원의 생일파티는 단지 한 아이만의 축제가 아니라 우리 모두의 행복이 되는 시간이다. 그 작은 왕관을 쓴 아이가 세상의 주인공이 되어, 사랑받는 기쁨을 마음껏 누릴 수 있게 해주는 이 자리. 그 속에서 나는 매번 깨닫는다. 사랑과 축복을 나누는 이 순간이야말로 우리 모두에게 가장 소중한 선물임을.

조금 느려도 괜찮아, 네 걸음이 가장 소중하니까

적응기라는 말은 언제나 아이뿐만 아니라 나에게도 낯설고 조심스러운 시간이었음을 고백한다. 유치원에 첫 발을 내딛고, 익숙하지 않은 공간과 친구들, 그리고 새로운 규칙에 하나하나 적응해 나가는 아이들을 바라보는 것은 매일 작은 기적을 목격하는 일상이었다. 학부모 총회는 그런 적응기가 막 끝나갈 무렵 조심스럽게 열린다. 많은 이들이 이 자리를 단순한 안내의 시간으로 여기지만, 내게 총회는 그 이상의 의미가 있었다. 이곳은 우리가 아이를 위해 서로의 마음을 나누고, 한 걸음 더 가까이 다가가는 소통의 자리였다.

　총회가 시작되면, 한 달 동안 아이들이 보내온 유치원 생활을 영상으로 함께 지켜본다. 화면 속에는 첫날 긴장해 울던 아이의 모습, 친구와 어색하게 마주 앉았던 순간, 그리고 점차 자연스럽게 미소를 짓고 손을 잡는 시간들이 차곡차곡 담겨 있었다. 나는 늘 영상을 보며 조용히 숨을 고른다. '처음에는 하루 종일 울던 아이가 이제는 친구의 손을 잡고 뛰어다녀요'라는 말이 흘러나올 때면, 부모님들의 얼굴에 번지는 안도의 숨과 조용한 기쁨을 읽게 된다. 그 마음을 마주하는 순간, 나 역시 말로 다 표현할 수 없는 뭉클함이 마음 안에 고이 자리 잡는다.

　총회가 끝난 뒤에는 곧바로 담임교사들이 모여 워크숍을 갖는다. 우리 교사들은 첫 달 동안의 관찰 기록을 펼쳐 놓고, 아이 한 명 한 명의 발달 특성과 개별 성향에 대해 깊이 나눈다. 어떤 아이는 새로운 것을 두려워하지 않고 먼저 다가가는 용기를 보였고, 또 다른 아이는 조용하지만 세심하게 주위를 살피는 모습을 보였다. 모두 다르지만, 모두 소중하다. 우리는 서로의 시선을 빌려 아이들의 강점과 보완점을 이야기하고, '어떻게 하면 우리 아이들이 더 행복하게 유치원 생활을 할 수 있을까'를 밤늦게까지 고민한다.

이 자리에 부모님들의 목소리도 오롯이 담긴다. '집에서는 이런 점이 고민이에요', '아이가 이 부분에서 힘들어하는 것 같아요'라는 솔직한 이야기가 날아들 때마다, 우리 모두가 한 방향을 바라보며 노력하고 있음을 다시금 실감한다. 교사와 부모가 각자의 자리에서 아이를 중심에 두고 함께 고민하는 이 시간이 얼마나 값지고 든든한지 모른다.

유치원의 한 달은 시간이 참 짧다. 하지만 그 짧은 시간 안에 아이가 이룬 성장의 무게는 결코 가볍지 않다. 내가 매일 아침 문을 열고 아이들에게 건네는 인사, 부모님과 나누는 작은 안부, 그리고 동료 교사들과의 밤늦은 대화들까지. 이 모든 순간이 결국 아이의 작은 성장을 크게 만드는 밑거름이 된다는 것을 나는 안다.

특히 반별 모임에서 처음 마주한 학부모들과의 대화는 매번 새로운 시작이었다. 누군가는 조심스럽게, 또 누군가는 수줍게 자신의 아이 이야기를 꺼낸다. 서로의 걱정과 기대, 안도와 설렘이 교차하는 그 자리에 서면 우리 모두가 아이를 중심에 두고 같은 꿈을 꾸고 있음을 느낀다. 각자의 자리에서 최선을 다하지만, 함께 손을 맞잡고 나아갈 때 아이들은 더욱 단단하게, 또 자유롭게 성장한다는 단순하지만 깊은 진실을 매번 되새기게 된다.

학부모 총회와 반별 워크숍은 단순한 행사가 아니다. 이곳은 교사와 부모가 다시 한 번 약속을 굳게 다지는 자리이자, 아이들을 위한 동행을 시작하는 첫걸음이다. 혼자가 아니라 함께 걷는 이 길에서, 우리 아이들은 오늘도 한 뼘 더 자라난다. 그리고 나는 그 성장의 한가운데에서 나 역시 함께 배우고 성장하고 있음을 실감한다.

"엄마, 가지 마!" 현관 앞에서 배우는 이별 연습

아침 일곱 시 반, 유치원 현관 앞에 도착했다. 작은 손이 내 손을 꽉 쥐었다. 그 손에서 전해지는 떨림이 내 가슴까지 전해졌다. "엄마, 집에 가자." 아이의 목소리는 벌써부터 울먹였다.

현관문이 열리자 아이의 울음이 터졌다. 그 울음소리가 유치원 복도에 울려 퍼졌다. 다른 아이들과 부모들의 시선이 느껴졌다. '우리 아이만 이런가?' 하는 생각이 들면서도, 아이

　　　　　　　　　　　　　우리 아이 유치원에 다녀요

를 꼭 안아주고 싶은 마음과 빨리 보내야 한다는 마음 사이에서 갈등했다.

선생님이 다가와 아이의 손을 잡았다. "오늘도 재미있게 놀자." 선생님의 따뜻한 목소리에도 아이의 울음은 멈추지 않았다. 내 다리를 붙잡고 늘어지는 아이를 보며 가슴이 찢어지는 것 같았다. 하지만 흔들리는 내 마음을 숨기고 최대한 담담한 표정을 지으려 애썼다.

"엄마가 금방 올게. 선생님이랑 재미있게 놀고 있어." 짧게 인사를 하고 돌아섰다. 뒤에서 들려오는 아이의 울음소리에 발걸음이 무거웠다. 현관문을 나서면서도 계속 뒤를 돌아보고 싶었지만, 참았다. 그것이 아이를 위한 일이라는 것을 알면서도 마음은 편하지 않았다.

차에 타고 나서야 깊은 한숨이 나왔다. 백미러로 유치원 건물을 바라보며 잠시 멈춰 있었다. 아이가 교실 안에서 어떻게 지내고 있을까. 아직도 울고 있을까. 아니면 벌써 놀잇감에 관심을 보이기 시작했을까.

이런 아침이 반복된 지 벌써 두 주가 지났다. 처음엔 하루 종일 마음이 무거웠다. 일을 하면서도 자꾸만 아이 생각이 났다. 혹시 너무 일찍 보낸 건 아닐까, 조금 더 기다렸다가 보낼 걸 그랬나 하는 후회도 들었다.

하지만 하원 시간에 아이를 데리러 가면 의외로 밝은 표정으로 뛰어나왔다. "엄마, 오늘 블록으로 성 만들었어!" 신나게 하루 일과를 설명하는 아이를 보며 안도감이 들었다. 그 작은 용기가 대견하고 자랑스러웠다.

"우리 코코가 유치원에서 잘 놀았구나. 정말 대단해!" 아이를 꼭 안아주며 칭찬했다. 아이의 얼굴에 수줍은 미소가 번졌다. 그 미소를 보는 순간, 아침의 눈물이 결코 부끄러운 것이 아니라는 것을 깨달았다.

시간이 지나면서 아침 울음은 조금씩 줄어들었다. 여전히 헤어지는 순간은 쉽지 않았지만, 아이도 나도 그 시간을 견디는 방법을 배워가고 있었다. 울음은 아이가 새로운 세계로 나아가기 위한 통로였고, 나는 그 통로 앞에서 든든한 버팀목 역할을 하고 있었다.

어느 날 아침, 아이가 현관 앞에서 잠시 망설이다가 "엄마, 바이바이" 하고 먼저 인사를 했다. 눈가가 촉촉해졌지만 울지는 않았다. 선생님 손을 잡고 교실로 들어가는 아이의 뒷모습이 어느새 조금 커 보였다.

그날 차에 타면서 나도 모르게 미소가 지어졌다. 울음 뒤에 오는 웃음을 기다려준 시간들이 헛되지 않았다는 생각이 들었다. 아이는 자신만의 속도로 성장하고 있었고, 나는 그 곁에서 묵묵히 지켜보는 부모가 되어가고 있었다.

지금도 가끔 아이는 아이가 힘든 날이면 아침에 눈물을 보인다. 하지만 이제는 그 눈물의 의미를 안다. 그것은 실패가 아니라 성장의 과정이며, 사랑하는 사람과 잠시 떨어지는 것을 견디고 더 넓은 세상으로 나아가는 용기의 표현이라는 것을.

눈물 꾹 참고, "다녀올게요!"

유치원 아침은 언제나 분주하게 시작된다. 그러나 그 분주함 속에서 가장 크게 마음을 흔드는 것은 아이의 울음이다. 출근길의 분주함과 머릿속의 복잡한 일정도 잠시 멈추게 하는 힘이 바로 아이의 흐느낌이다. 아이의 두 손을 꼭 잡고 유치원 교실 앞에 서면 나는 숨을 한번 크게 들이쉬곤 했다. 그 작은 손에서 느껴지는 불안과 망설임, 그리고 곧이어 터져 나오는 울음은, 내 마음을 한순간에 뒤흔들어 놓았다. 그 울음소리가 단순히 고집 때문은 아니라는 것을, 나 역시 부모가 되고서

 우리 아이 유치원에 다녀요

야 온전히 이해할 수 있었다.

아이에게 새로운 환경은 높은 문턱이다. 그 문턱을 스스로 넘기 위해 내뱉는 울음은 적응을 향한 자연스러운 표현이었다. 알아가는 과정의 한 장면일 뿐이었다. 하지만 그 순간에는 이런 생각보다 내 아이의 불안함과 두려움, 그리고 그 이별의 짧은 시간이 너무도 길게 느껴졌다. 내 마음 한 켠에서는 "오늘은 그냥 데려가야 하나"라는 흔들림이 일기도 했다.

그러나 그럴 때일수록 가장 먼저 필요한 것은 바로 나 자신이 확신을 가지는 일이었다. 아침마다 나는 아이의 손을 잡고 "엄마가 금방 데리러 올게"라는 말을 단호하게, 짧게 건넸다. 처음에는 이 한마디가 너무 냉정하게 느껴질 때도 있었다. 속마음으로는 더 오래 안아주고, 다독여주고 싶었지만, 흔들림 없는 태도가 아이에게 오히려 큰 안정을 준다는 것을 경험하면서 나 역시 차츰 단단해질 수 있었다. 그 한마디 안에 담긴 믿음이 내 아이에게 가장 큰 힘이 되어준다는 사실을 깨달았다.

그 다음으로 마음을 다잡은 것은 이별의 길이었다. 유치원 교실 앞에서 오래 머물며 아이를 달래고 싶은 충동은 항상 있었다. 그러나 그럴수록 아이의 불안감만 커져 갔다. 교실 문을 붙잡고 한참을 울던 아이의 모습이 아직도 생생하다. 그때 나는 짧고 분명한 인사를 선택하는 법을 배웠다. "잘 다녀와. 안녕!" 하고 인사를 건네고, 아이를 믿고 교실 안으로 보내는 법을 연습했다. 교사에게 아이를 맡길 때 느꼈던 망설임과 미안함, 그리고 뒤돌아서는 내 마음은 매일매일 조금씩 단단해졌다. 그 순간의 짧은 이별이 결국 아이에게 더 큰 의지가 되어 간다는 것도, 부모가 자라야 알 수 있는 지혜였다.

아침의 눈물 뒤에는 늘 새로운 하루가 펼쳐졌다. 저녁에 아이를 다시 만났을 때, 나는 아이에게 아침 이야기를 꺼냈다. "오늘 아침에 울었지만, 그래도 교실에 잘 들어갔구나! 정말 잘했어." 작은 변화, 아주 사소한 용기까지 놓치지 않고 칭찬해 주려고 노력했다. 그 칭찬이 아이에게 조금이나마 위로와 자부심이 되어주길 바랐다. 한 걸음을 내디딘 것만으로도 충분히 대단했다. 울음이 사라지지 않았지만, 그래도 그 안에서 조금씩 성장하는 모습을 볼 수 있었다.

반대로, 아이를 더 힘들게 하는 부모의 태도도 분명했다. 나 역시 처음에는 불안한 표정으로 아이 앞에 서기도 했고, "오늘 안 울면 맛있는 거 사줄게" 같은 조건부 약속을 할 뻔한 적도 있었다. 어떤 날은 다른 아이와 비교하며 "저 친구는 잘 가잖아"라고 말하고 싶던 순간도 있었다. 하지만 이런 말과 표정이 아이의 마음을 더 위축시킨다는 것을 알게 된 후로, 나는 조심하려 애썼다. 내 불안이 아이에게 고스란히 전해지던 순간을 떠올리면 아직도 마음 한편이 쓰리다.

울음은 언젠가 사라진다. 그 시간이 생각보다 짧을 수도, 길 수도 있다. 하지만 부모가 믿고 기다려주는 시간만큼, 아이 는 눈물 너머의 새로운 세상과 만날 준비를 한다. 교사와 친구 속에서 한 뼘 더 자라는 아이를 바라보며, 나는 울음이 끝이 아 니라 새로운 시작임을 받아들였다. 아침마다 반복되는 이별과 만남 속에서, 나 역시 아이와 함께 성장하고 있었다.

이제 나는 안다. 아이의 아침 울음이 우리 모두에게 얼마 나 소중한 순간인지를. 그 눈물 속에 담긴 용기, 그리고 그 용 기를 믿어주는 부모의 마음이 아이를 한 뼘 더 크게 만든다는

것을. 울음 너머에 새로운 세상이 기다리고 있다는 희망을, 나
는 오늘도 아이와 함께 다시 마음에 새긴다.

 우리 아이 유치원에 다녀요

땀과 웃음이 가득

엄마 손 놓고 혼자서, 주먹 꽉 쥐고 시작하는 하루

유치원이라는 공간은 어른에게는 그저 평범한 일상이지만, 아이들에게는 매일이 용기를 시험하는 새로운 세계다. 그 중에서도 내가 발견한 가장 큰 용기 중 하나는, 바로 아이가 처음으로 혼자서 화장실에 가는 순간이다. 누군가에게는 너무도 평범하고 당연한 일일지 몰라도 아이에게는 전혀 그렇지 않다.

처음 유치원에 들어온 아이들은 화장실을 가려 하지 않는다. 그 낯선 공간이 주는 두려움이 크다. 문 손잡이 하나, 바닥

　　　　　　　　　　　　　우리 아이 유치원에 다녀요

에 깔린 타일의 차가운 감촉, 아직 익숙하지 않은 냄새까지, 모든 것이 겁이 나는 환경이다. 더구나 엄마가 곁에 없다는 사실만으로도 아이의 마음은 세상에서 가장 높은 시험대 위에 홀로 선 듯 떨린다. 이 작은 몸이 감당해야 할 두려움 치고는 너무 큰 숙제다.

아침이면 아이들은 하나둘 나에게 다가와 조용히 속삭인다. 그날도 마찬가지였다. 코코가 내 앞에 와서 조심스레 말을 꺼냈다. "원장 선생님, 화장실 가고 싶은데요." 그 작은 손이 내 손을 잡을 때의 느낌은 늘 새롭다. 아직 따뜻하게 남아 있는 엄마의 손길을 대신하는 순간, 나는 아이에게 조금 더 단단한 버팀목이 되어주고 싶어진다.

그날, 코코와 함께 복도를 건넜다. 화장실 문 앞에 이르자 코코는 잠시 멈칫했다. 그 짧은 순간, 나는 코코의 눈동자에서 작은 갈등을 읽었다. 들어가야 한다는 필요와 아직 끝나지 않은 두려움이 서로 씨름을 벌이고 있었다. 나는 아이의 손을 꼭 잡아주었다. 그때 코코가 조그맣게 말했다. "저 혼자 해볼게요." 용기를 내어 한 발짝 앞으로 나서는 모습을 지켜보며, 문이

닫히는 찰나, 마음속으로 생각했다. '우리 코코, 참 대단하다.'

짧은 시간이었지만, 내 마음은 화장실 문을 바라보며 여러 생각으로 가득 찼다. 혹시 무서워서 다시 나오지 않을까? 손잡이를 잘 잡을 수 있을까? 하지만 이 모든 걱정은 문이 열리자마자 사라졌다. 코코가 환하게 웃으며 달려 나왔다. "저 혼자 다 했어요!" 그 표정에는 말로 다 표현할 수 없는 자신감이 담겨 있었다.

이렇게 작은 성공이지만, 아이에게는 세상을 바꾸는 경험이 된다. 혼자 화장실에 다녀온 순간, 코코의 마음속에는 '나는 할 수 있다'는 작은 씨앗이 심어진다. 사람들은 어른이 되어 돌아보면 이런 기억을 잘 떠올리지 못하지만, 유치원 교사로서 나는 이 작은 순간들이 쌓여 아이를 얼마나 크게 자라게 하는지 누구보다 잘 알고 있다.

아이들은 종종 엄마를 찾는다. "엄마, 같이 가." 이럴 때마다 나는 잠시 멈춰서 아이의 눈을 바라보고 차분히 말한다. "엄마 여기서 기다릴게. 혼자 해보자." 이 짧은 말 한 마디가 아이의 마음에 깊은 울림을 준다. 나도 부모라면 불안하고 안쓰러운 마음에 당장 따라 들어가고 싶겠지만, 이 작은 기회를 아이에게 양보하면, 아이는 자립심이라는 선물을 얻게 된다.

유치원의 하루는 작은 도전들의 연속이다. 처음엔 낯설고 두려웠던 문을 혼자 열어보고, 때로는 실패하기도 하지만, 다시 시도하고 그 끝에 성공을 경험한다. 매일의 작은 시도와 성취가 쌓여 아이들은 조금씩, 그러나 분명하게 성장해 간다. 나는 그 순간들을 곁에서 지켜보며, 아이들이 스스로를 믿게 되는 과정을 함께한다는 것이 얼마나 큰 축복인지 느낀다.

코코가 보여준 첫 번째 용기, 그리고 그 용기가 아이의 마음에 남긴 작은 자신감의 싹. 나는 오늘도 그 씨앗이 무럭무럭 자라기를 바라며 아이들의 작은 손을 잡는다. 유치원의 하루는 사실 이런 작고 소박한 용기들로 가득 차 있다. 그리고 나는 매일 그 용기의 순간들을 소중히 가슴에 새긴다.

첨벙첨벙! 온몸으로 만난 여름

햇볕이 유난히 따가웠던 여름 한가운데, 아이들이 가장 손꼽아 기다리던 그 날이 찾아왔다. 아침부터 교실은 한껏 들뜬 목소리로 가득 찼다. "선생님, 오늘 물놀이 해요?" 아이들의 눈빛은 이미 잔디밭 놀이터를 향해 달려가고 있었다. 그 해맑은 기대감이 내 마음까지 물들였다.

커다란 워터바운스가 설치된 잔디밭 놀이터는 멀리서부터 파란빛이 반짝이며 웃음소리를 담고 있었다. 아이들은 운

   우리 아이 유치원에 다녀요

동화 끈을 재빠르게 풀고, 조심스레 맨발로 잔디 위를 걸었다. 처음으로 발을 물에 담그는 순간, 아이들이 동시에 멈칫했다. "차가워!" 잠깐 망설였지만, 그 순간은 오래가지 않았다. 곧이어 여기저기에서 물보라가 튀었고, 환한 웃음이 폭죽처럼 터져나왔다.

작은 발들이 첨벙거리며 물 위를 튕겼고, 두 손은 서로에게 장난스럽게 물을 튕겼다. 여름은 아이들의 노래가 되어 놀이터를 가득 채웠다. 그 모습을 바라보는 나 역시 어느새 미소가 번졌다. 아이들은 그저 물놀이를 하는 것이 아니었다. 그 순간, 나는 또렷이 깨달았다. 아이들에게 놀이란, 어쩌면 '배움'의 또 다른 이름이라는 것을.

물놀이는 단순히 시원함이나 즐거움에 그치지 않는다. 아이들은 그 속에서 자연스럽게 용기를 배운다. 수영장도, 워터바운스도 처음에는 모두에게 낯설고 두렵다. 하지만 서로 손을 잡아주고 물을 튀기며, 한 번쯤 미끄러져 넘어져도 금세 자리에서 일어난다. 이 과정에서 아이들은 넘어진 친구를 도와주고, 함께 웃으며 다시 도전한다. 협동과 배려, 함께하는 기뺨을 몸 전체로 익히는 시간이다.

가끔씩 한 아이가 겁이 난 듯 망설이면, 어느 틈엔가 친구가 손을 내민다. "같이 가자." 그 한마디가 아이에게 큰 용기를 준다. 나 또한 그 모습을 보며, 우리 모두 처음엔 낯선 것 앞에서 주저하지만, 누군가의 응원과 따뜻한 손길로 한 걸음 더 내디딜 수 있다는 사실을 다시금 깨닫는다.

물을 튀기며 뛰노는 아이들의 얼굴은 햇살보다 더 환하게 빛난다. 그저 즐겁기만 한 것이 아니라, 새로운 환경에서도 스스로 즐길 줄 아는 용기와 함께 어울리는 힘이 자라나는 순간이다. 저 작은 손과 발이 만들어내는 물결은 아이들의 마음 속에도 파장을 일으킨다. 오늘의 웃음과 용기가 앞으로 아이들이 세상을 탐험하기 위한 밑거름이 되리라는 확신이 든다.

놀이터에서 반짝이는 물방울 사이로 아이들은 여름을 온몸으로 느끼고 있었다. 그 모습을 바라보며 나는 조용히 마음속으로 속삭였다. 이 순간, 아이들은 가장 행복하게, 그리고 무엇보다 자연스럽게 배우고 있다고. 아무리 교과서와 수업이 중요하다 해도, 삶을 배우는 가장 생생한 순간은 바로 이런 곳에 있다는 것을 나는 다시금 마음에 새겼다.

여름날 햇살과 물방울, 아이들의 웃음이 뒤섞인 이 날을 오래도록 기억하고 싶다. 그 기억이 자라, 언젠가 아이들에게도 세상 속으로 한 걸음 내딛는 용기가 되기를 소망한다.

수박씨와 아이들의 호기심

한여름의 오후, 교실 안에는 수박 향이 가득했다. 창밖에는 강렬한 햇살이 쏟아지고 있었지만, 아이들이 손에 들고 있는 차가운 수박 한 조각은 그 모든 더위를 잠시 잊게 만들 만큼 시원하고 달콤했다. 아이들은 서로 수박을 더 크게 나누어 가지려다 깔깔거리며 웃기도 하고, 빨간 과육을 한입 베어 물 때마다 씨앗을 조심스럽게 골라내기도 했다. 나는 그 모습을 바라보며, 아이들이 단순한 간식 한 조각에도 얼마나 큰 기쁨을 느끼는지, 그 순수함이 새삼 부러워졌다.

그 평화로운 순간, 갑자기 코코의 얼굴이 하얗게 질렸다. 평소에도 재치 있고 호기심이 많았던 코코가 이번에는 뭔가 심상치 않은 듯, 눈이 커다랗게 떠진 채 내게 다가왔다. "원장 선생님, 큰일 났어요!"라고 말하는 코코의 목소리에는 떨림이 묻어 있었다. 나는 걱정스런 마음에 코코를 바라보며 조심스럽게 물었다. "코코야, 왜 그래?" 잠시 머뭇거리던 코코는 더 조그맣고 신중한 목소리로 말했다. "저… 수박씨 삼켰어요. 그러면 제 배에서 수박이 자라나요?"

그 순간, 교실은 웃음바다가 되었다. 아이들은 한 손엔 수박을 든 채 어깨를 들썩이며 깔깔거렸고, 나조차도 피식 미소를 참을 수 없었다. 하지만 코코는 정말 진지했다. 걱정스러운 눈망울로 나를 바라보며, 혹시라도 진짜 배 속에서 수박이 자라게 되는 것은 아닌지, 온 마음을 다해 궁금해하고 있었다. 그 표정이 얼마나 귀엽고 사랑스러운지, 코코가 품은 작은 두려움조차도 내겐 소중한 순간처럼 느껴졌다.

이 아이들은 아직 세상을 배워가는 중이다. 그래서 어른들에겐 아무 일도 아닌 작은 씨앗 하나가, 아이들에겐 커다란 걱정이 되기도 한다. 때로는 그 작은 두려움이 상상력을 자극해, 머릿속에서만 펼쳐지는 새로운 세계를 만들어내기도 한다. 코코의 질문처럼, 어른들에게는 단순한 해프닝일지 몰라도, 아이에게는 두근거리는 모험이기도 하다. 그들의 상상력은 사실과 상상, 현실과 기대 사이를 자유롭게 넘나들며, 스스로만의 세상을 만들어간다.

나 역시 한때는 아이였다. 그때는 나도 코코처럼, 세상의 모든 것이 궁금했고, 작은 일에도 마음이 쿵쾅거렸다. 하지만 자라면서 점점 확실하고 명확한 답만을 찾고, 다른 가능성에는 미소 지으며 넘기게 되었다. 그래서 코코의 질문이 더 애틋하게 느껴졌다. 아이들의 엉뚱한 질문이나 어딘가 어설픈 상상력은 사실 세상을 탐험하는 첫걸음이다. 어쩌면 그 순간의 대화가 코코의 마음속에는 작고 단단한 배움의 씨앗으로 남아 평생 자란다.

"정말 그럴까? 우리 같이 생각해 볼까?" 나는 코코의 눈높이에 맞춰 앉아 그 마음을 함께 들여다보았다. 아이가 엉뚱한 질문을 던지는 순간, 마음을 열고 함께 웃어주는 것. 그 대화가 아이에게는 세상을 배워가기 위한 가장 큰 선물일지 모른다. 어른이 된 나는 이제 아이들의 호기심이 얼마나 소중한지를, 그 씨앗을 지키고 키워주어야 한다는 것을 조금씩 배워가고 있다. 아이들의 웃음과 질문, 그리고 그 속에 담긴 두근거림을 잊지 않으려 오늘도 마음속에 작은 수박씨를 하나 심는다.

크레파스로 그려낸 여름의 색깔

아이들에게 그림은 말보다 먼저 다가오는 감정의 언어다. 색깔 하나, 선 하나에도 아이의 마음이 고스란히 담겨 있음을 느낄 때마다, 나는 매번 새로운 세상을 들여다보는 설렘에 가슴이 뛴다. 첫 미술 수업 날, 아이들이 크레파스를 조심스럽게 꺼내 들고 하얀 종이를 한참 바라보는 그 순간, 나는 어느 때보다 진지하게 아이의 내면을 지켜보게 된다.

코코가 처음 내민 그림은 집이었다. "이건 우리 집이에요." 크레파스를 힘주어 쥔 작은 손이 우선 그린 건, 환하게 웃는 해님과 그 아래 초록색 잔디, 그리고 세 개의 동그라미였다. 아이의 설명을 듣고 보니 동그라미는 엄마, 아빠, 그리고 자신이었다. 집 앞에 서로 손을 꼭 잡고 서 있는 가족의 모습이 있다. 그 단단하게 이어진 손끝, 알록달록한 옷, 그리고 밝게 웃는 얼굴들을 보며 나는 코코가 집에서 얼마나 따뜻한 사랑과 안정감을 느끼는지 한눈에 알 수 있었다.

그림 속 해님은 크게 웃고 있었고, 마치 캔버스 위로 번지는 빛처럼, 코코의 마음도 그렇게 따뜻하게 번지고 있었다. 아이가 느끼는 소속감과 기쁨, 그리고 가족에 대한 믿음이 모두 그 한 장의 그림에 담겨 있었다. 말로 다 설명하기 힘든 감정이지만, 코코의 그림은 그 무엇보다 솔직하고 명확하게 자신의 내면을 드러냈다.

다른 한 아이는 커다란 나무를 그렸다. "이건 내가 올라가 본 나무야." 아이는 자랑스럽게 말했다. 그림 속 나무는 줄기가 굵고, 가지가 하늘까지 힘차게 뻗어 있었다. 아이가 그 나무를 통해 느꼈을 두근거림, 도전의 기쁨, 혹은 약간의 두려움까지도 전해지는 듯했다. 아이의 모험심과 자라나는 용기가 그 선 하나, 색 하나에 고스란히 담겨 있었다. 조심스럽게 나무를 오르던 순간의 떨림, 발끝에서 전해지던 거친 나뭇껍질의 촉감, 점점 넓어지는 하늘의 파란 빛깔이 종이 위에서 다시 피어났다.

반대로, 풍선을 가득 그린 아이도 있었다. "이거 타고 엄마한테 갈 거야."라고 속삭이듯 말하던 아이의 표정이 잊히지 않는다. 여러 색깔의 풍선이 하늘로 둥둥 떠오르는 모습은, 단순히 동화 속 장면이 아니라 아이의 그리움과 기대, 그리고 엄마를 향한 간절한 마음을 상징하고 있었다. 아직 말로 하지 못하는 감정이지만, 그림을 통해 아이는 자신의 마음을 세상에 꺼내 놓았다. 풍선 하나하나에 담긴 소망, 기다림, 그리고 애틋한 사랑이 내게도 전해졌다.

아이의 그림 속에는 말하지 않아도 느껴지는 감정이 숨어 있다. 그래서 나는 항상 부모님들께 이렇게 말씀드린다. "아이의 그림을 볼 때, 단순히 '잘 그렸네'라고 말하지 마세요.

　　　　　　　　　　　　　우리 아이 유치원에 다녀요

대신 '이건 무슨 이야기야?' 하고 물어보세요." 그 한마디 질문
이 아이의 마음속 문을 열고, 아이는 자신만의 세계를 조금씩
내보이기 시작한다.

그림 한 장에는 아이의 소망, 불안, 기쁨, 꿈이 모두 담겨
있다. 어떤 날은 그 그림이 아이가 세상을 읽는 첫 책이 되기도
한다. 유치원의 첫 미술 시간은 결코 단순한 활동이 아니다. 아
이는 그림을 통해 세상을 배우고, 자신의 감정을 표현하며, 조
금씩 자신을 이해해 간다. 종이 위에 펼쳐지는 이야기는 어른
들의 눈에는 사소해 보일지 모르지만, 아이에게는 자신만의
세상을 건축해 나가는 중요한 과정이다.

오늘 아이가 그린 그림 한 장이 내일의 자신감과 상상력
을 키우는 값진 밑거름이 될 것이다. 크레파스의 색깔처럼 아
이의 마음도 다채롭다. 나는 그 마음을 들여다볼 수 있다는 사
실에 늘 감사하고, 아이들 곁에서 함께 자라가는 기쁨을 느낀
다. 그림이라는 작은 창문을 통해 나는 오늘도 아이들의 내면
을 만나고 있다.

언제 이만큼 자랐니? 한 학기의 마침표

여름의 시작을 알리던 그날, 햇살은 유난히 뜨거웠다. 아이들과 함께 떠난 여름캠프는 1학기 내내 기다려온 대망의 순간이었다. 바쁜 일상과 교실을 벗어나 자연 속에서 마음껏 뛰놀 수 있다는 사실만으로도 아이들의 얼굴에는 설렘이 가득했다. 푸르른 숲길과 반짝이는 햇살 아래를 함께 걷는 시간, 아이들의 웃음소리가 바람을 타고 멀리 퍼져나갔다.

낮에는 자연의 품에서 아이들은 마음껏 달리고, 땀을 흘리며 서로를 따라 웃었다. 나뭇잎 사이로 쏟아지는 햇살, 발밑을 간질이는 풀잎, 그리고 손에 잡히는 작은 꽃들과 돌멩이 하나하나에 아이들은 늘 신기해하고 또 소중히 여겼다. 한바탕 놀이가 끝난 뒤, 아이들은 숨을 고르며 서로의 손을 꼭 잡았다. 이 순간, 저마다의 작은 용기가 아이들 마음속에서 자라나고 있음을 나는 분명히 느낄 수 있었다.

밤이 찾아오자 우리를 감싸는 공기는 낮과는 또 다른 차분한 설렘으로 가득 찼다. 파자마를 곱게 차려입은 아이들이 이불을 펴고 옹기종기 모여 앉았다. 오늘만큼은 집으로 돌아가는 대신, 한 지붕 아래에서 친구들과 도란도란 이야기를 나누며 밤을 보내는 것이다. 처음으로 엄마, 아빠 없는 밤을 맞이한 아이들 중에는 눈가가 촉촉해진 아이도 있었다. 작은 손으로 살며시 눈물을 닦아내던 그 모습이 내 마음을 아릿하게 만들었다. 그럴 때면 옆자리에서 친구가 조용히 손을 내밀었다. "괜찮아, 내가 옆에 있어." 따뜻한 속삭임이 담요 아래를 가득 채웠다.

밤하늘에는 별이 총총했다. 아이들은 작은 속삭임으로 오늘 하루를 정리했다. "오늘 진짜 재미있었어." "엄마 보고 싶긴 한데, 그래도 괜찮아." 아이들은 서로의 마음을 주고받으며, 어느새 두려움 대신 자신감이 얼굴에 자리 잡았다. 이불 속에서 주고받은 이야기와 서로를 다정하게 챙겨주던 마음은 아이들의 삶에 오래도록 남아 있을 소중한 추억이 되리라 믿는다.

캠프의 하이라이트, 파자마 파티가 시작되자 아이들은 한 줄로 앉아 좋아하는 간식을 나누었다. 평소라면 잘 시간이 되면 각자 집으로 돌아가야 했지만, 오늘만큼은 다르다. 모두가 한 공간에서 깔깔 웃으며, 파자마를 입고 마음껏 이야기를 나눴다. 큰일이 아니어도 좋았다. 친구와 함께 나누는 소소한 행복, 그것이야말로 아이들에게 세상에서 가장 큰 즐거움이 아니었을까. 나는 그 모습을 바라보며 마음 한구석이 따뜻해짐을 느꼈다.

이 짧은 밤 동안 아이들은 서로를 더 깊이 이해하기 시작했다. 함께 있는 것의 소중함, 서로의 다름을 인정하는 법, 그리고 배려와 우정의 의미를 자연스럽게 배웠다. 단순한 놀이가

　　　　　　　　우리 아이 유치원에 다녀요

아니라, 아이들 스스로를 성장시키는 소중한 시간이 되었다.

하지만 코로나 이후 안전에 대한 민감도가 높아지면서 이런 하룻밤의 추억은 점점 사라지고 있다. 그래서인지 이불 속에서 보내던 그 하룻밤 캠프가 더욱 그리워진다.

학기 초만 해도 울먹이며 등원하던 아이들이 어느새 훌쩍 자라 이제는 자신만의 자리를 찾아 든든히 서 있었다. 친구와 약속을 지키고, 서로를 배려할 줄 아는 아이들로 변해가는 모습을 지켜보며 나는 원장으로서 무한한 보람을 느꼈다.

여름방학은 잠시의 쉼이지만, 그 짧은 시간 속에서도 아이들은 또 다른 배움을 경험한다. 가족들과 나누는 대화와 놀이, 함께 읽는 책 한 권, 자연 속에서의 작은 모험 등 이 모든 순간들이 아이의 마음에 깊은 흔적을 남긴다. 부모님께 당부드리고 싶다. 아이의 이야기에 귀 기울여 주고, 함께 소중한 추억을 만들어 가시기를. 여름이 지나 다시 만나는 날, 아이들은 분명 한 뼘 더 자라 우리 곁으로 돌아올 것이다.

이 변화와 성장을 곁에서 지켜볼 수 있다는 것이 내게 얼마나 큰 기쁨인지, 말로 다할 수 없다. 사랑하는 아이들과 함께한 뜨거운 여름, 그 소중한 기억이 내 마음속에도 오래도록 남아 있을 것이다. 여름방학 동안, 아이와 함께 행복한 추억을 많이 만들기를 진심으로 바란다.

우리 아이 유치원에 다녀요

아이와 함께 만든 여름방학

처음 아이가 여름방학을 맞으면 부모들은 막막함을 느끼곤 한다. 매일 아침 유치원에 가던 아이가 하루 종일 집에 있으니 하루가 어떻게 지나가는지도 모르겠고, 무엇을 해야 할지 갈피를 잡기도 어렵다. 다른 부모들은 영어 캠프나 수영 강습 등으로 바쁘게 일정을 채우는 것 같은데, 나는 아이와 마주 앉아 멍하니 시간을 보내기만 하는 것 같아 불안해지기도 한다.

"원장님, 어떻게 하면 여름방학을 잘 보낼 수 있을까요?"

부모님들의 단골 질문이다. 여름방학은 아이에게 쉼과 성장을 동시에 선물할 수 있는 소중한 시간이다. 그래서 부모들은 이 시간을 어떻게 보내야 할지 더욱 고민하게 된다.

부모로서의 나 역시 같은 고민을 했다. 그러던 어느 날, 아이가 베란다에서 화분의 흙을 만지며 놀고 있는 모습을 보게 되었다. 작은 손으로 흙을 쥐었다 놓았다 하며 킥킥 웃는 아이의 얼굴에는 순수한 기쁨이 가득했다. 그 순간 깨달았다. 아이에게 필요한 것은 특별한 프로그램이 아니라, 이렇게 마음껏 놀 수 있는 시간이구나.

그날부터 우리의 여름방학은 조금 달라졌다. 아침에는 함께 산책을 나갔다. 아파트 단지를 벗어나 가까운 공원까지 걸어가며 아이는 개미 행렬을 따라가기도 하고, 나뭇잎을 주워 모으기도 했다. 땀이 송글송글 맺힌 아이의 이마를 닦아 주다 보니, 나 역시 어릴 적 여름의 기억들이 떠올랐다. 시원한 나무 그늘 아래에서 쉬며 마시는 물 한 모금이 그렇게 달콤할 수가 없었다.

점심은 함께 만들어 먹었다. 아이는 상추를 씻고 나는 계란을 부쳤다. 삐뚤빼뚤한 김밥이 완성되면 아이는 자신이 만든 요리라며 자랑스러워했다. 밥알이 여기저기 흘러도, 김이 조금 찢어져도 상관없었다. 함께 만들고 함께 먹는 그 시간이 무엇보다 소중했다.

오후에는 그림책을 읽거나 블록 놀이를 했다. 때로는 아무것도 하지 않고 나란히 누워 천장을 바라보기도 했다. 아이가 "엄마, 구름은 왜 움직여요?"라고 물으면, 나도 모른다고 솔직히 인정하고 함께 상상의 이야기를 만들어 보았다.

물론 쉽지만은 않았다. 가끔은 아이가 유튜브를 보고 싶다고 떼를 쓰기도 했고, 나도 지쳐서 그냥 TV를 틀어주고 싶은 유혹에 시달렸다. 하지만 일정한 규칙을 정해두니 조금씩 리듬이 생겼다. 아침 9시에는 일어나고, 저녁 9시에는 잠자리에 들었다. 미디어 이용 시간은 하루 한 시간으로 정했다.

그렇게 보낸 여름방학이 끝나갈 무렵, 아이가 말했다. "엄마, 유치원 가는 거 기대돼요. 친구들한테 엄마랑 놀았던 이야기 자랑할 거예요." 그 말을 듣는 순간, 가슴이 뭉클했다. 특별한 곳에 가지 않아도, 비싼 프로그램을 하지 않아도, 아이는 충분히 행복했구나 하는 생각이 들었다.

방학이 끝나고 유치원에 돌아간 아이는 전보다 한층 씩씩해 보였다. 선생님께서도 아이가 많이 성장한 것 같다고 말씀하셨다. 엄마와 충분한 시간을 보내며 정서적으로 안정되었기 때문일지도 모른다. 아이는 친구들과도 더 잘 어울리고, 새로운 활동에도 적극적으로 참여했다.

돌이켜보면 그 여름방학은 아이뿐만 아니라 나에게도 선물 같은 시간이었다. 바쁜 일상에 쫓겨 놓쳤던 아이의 작은 표정들, 순간순간의 성장을 가까이에서 지켜볼 수 있었다. 무엇보다 아이와 나, 우리가 서로를 더 깊이 이해하게 되었다.

이제 다음 여름방학이 기다려진다. 또 어떤 추억을 만들게 될까. 확실한 건, 이번에도 특별한 계획은 없을 거라는 것이다. 그저 아이와 함께 숨 쉬고, 함께 웃고, 함께 성장하는 시간을 보낼 것이다. 그것이 우리가 아이에게 줄 수 있는 가장 큰

　　　　　　　　　우리 아이 유치원에 다녀요

선물이니까. 슬기로운 방학이란 부모가 함께 배우며 성장하는
시간을 만들어 주는 것이다.

결과보다 빛나는 노력, 고생했어 애들아

1학기를 마무리하는 시점이 오면, 내 마음에도 묘한 떨림과 따뜻함이 함께 찾아온다. 새 학기를 맞이하던 그 봄날, 아이는 마치 새싹처럼 두려움과 설렘 사이를 오가며 교실 문을 들어섰다. 새로운 친구들, 새로운 선생님, 아직 낯선 교실 풍경 속에서 아이가 얼마나 긴장했을지 나는 부모로서 누구보다 잘 알고 있다. 그런 아이가 어느덧 교실에서 자신의 자리를 찾아가고, 친구와 함께 웃고 울며 한 뼘 더 자란 모습으로 내 앞에 선다. 이 모든 시간이 얼마나 특별한지, 이맘때가 되면 더욱 절

실하게 느껴진다.

　아이의 성장에는 부모와 교사의 작은 격려가 생각보다 큰 힘이 된다. 특히 한 학기가 끝나갈 즈음이면, 나는 아이에게 꼭 한마디 칭찬을 건넨다. "정말 많이 자랐구나. 참 대견하다." 이 한마디가 아이에게 얼마나 큰 의미인지 나는 알고 있다. 칭찬은 마치 성장의 토양처럼 아이의 마음을 단단하게 붙들어 준다. 단순히 결과만을 칭찬하는 것이 아니라, 그 과정을 바라보고 격려해야 한다는 사실을 나는 경험으로 알게 되었다.

　처음에는 글자에 그다지 관심 없던 아이가, 매일 조금씩 글자를 따라 적어보는 모습을 볼 때마다 나는 진심으로 칭찬했다. "매일 조금씩 연습하는 모습이 참 멋지다." 그런 칭찬이 쌓이자 아이의 눈빛이 달라지고, 자신감이 자라나는 것이 느껴졌다. 또한 친구와 함께 있을 때, 작은 배려나 용기를 보여주었을 때도 그냥 지나치지 않았다. "네가 먼저 손을 내밀어 줘서 친구가 참 고마웠을 거야." "용기 내서 발표한 모습이 너무 자랑스럽다." 이렇게 과정과 태도를 바라보고 칭찬할 때, 아이의 마음이 더 깊이 움직이는 것을 느꼈다.

이런 칭찬은 아이의 사회성을 키워주는 긍정적 강화가 된다. 아이는 부모의 말과 시선을 통해 자신이 어떤 사람인지를 배운다. 칭찬이 결과나 성취에만 머물러 있지 않고, 시도하고 노력하는 과정, 친구와 함께하는 순간, 배려와 용기를 보인 찰나에도 이어져야 한다고 믿는다. 그렇게 작은 칭찬들이 쌓이면, 아이는 자신이 사랑받고, 인정받고 있다는 확신을 점점 더 키워간다.

하지만 무엇보다 내가 스스로에게 다짐하는 것은, 아이를 다른 아이와 비교하지 않는 것이다. "누구는 벌써 다 읽더라", "다른 친구는 이만큼 했대" 같은 말은 아이에게 부담과 상처로 남을 뿐이다. 비교 속의 칭찬은 결국 또 다른 부담이 되고, 아이의 내면을 조용히 위축시킨다. 그래서 나는 언제나 아이의 속도와 걸음을 존중하려 애쓴다. "너만의 방식으로 참 잘했어." "네가 천천히 해도 괜찮아. 네 걸음이 가장 소중해." 이런 말을 들을 때, 아이는 비로소 자기만의 성장의 의미를 느끼는 것 같다.

우리 아이 유치원에 다녀요

학기를 마무리하는 시점, 내가 아이에게 건네는 칭찬은 단순한 격려나 위로가 아니다. 그것은 다음 학기를 향해 한발 내디딜 수 있는 자신감의 발판이 된다. 아이는 내 말 속에서 '나는 소중한 존재이고, 앞으로도 계속 자라날 수 있다'는 믿음을 얻는다. 부모가 건네는 따뜻한 한마디, 이것이야말로 교실에서의 배움과 연결되어 아이의 삶을 지탱하는 가장 든든한 힘임을 나는 매번 느낀다.

한 학기를 보내고 아이와 마주 앉아, 함께 한 시간을 나누며 칭찬을 건네는 이 순간, 나 역시 부모로서 한 뼘 더 성장하는 것을 느낀다. 아이의 어제와 오늘을 바라보며, 내 마음에도 작고 단단한 희망이 자라난다. 새로운 학기, 또 새로운 시작 앞에서, 나는 변함없이 아이의 곁을 지키며 따뜻한 칭찬을 건네리라 다짐한다. 그렇게 아이와 함께 조금씩, 천천히, 앞으로 나아가기를 바란다.

알록달록 추억 수확

엄마 아빠가 최고야! 함께 웃는 참여수업

아이들이 손꼽아 기다려 온 참여수업의 날, 아침부터 교실에는 왠지 모를 설렘과 들뜬 기운이 감돌았다. 아이들은 평소보다 정성껏 머리를 묶고, 정갈하게 다린 옷을 챙겨 입고 나타났다. 눈빛에는 하나같이 기대감이 가득했다. 오늘은 특별한 날이었다. 엄마와 아빠가 나란히 손을 잡고 유치원에 함께 오는 날이기 때문이다. 아이들은 문 앞에서부터 엄마 아빠를 자랑스럽게 이끌며 교실로 들어왔다. 그 작은 손에 꼭 쥔 부모님의 손, 그리고 얼굴 가득 번진 미소. 교실은 금세 웃음꽃으로

 우리 아이 유치원에 다녀요

가득 찼다.

수업이 시작되기 전부터 아이들은 한껏 들떠 있었다. 평소에는 서로 장난치며 뛰어다니기 바쁘던 아이들이지만, 오늘만큼은 부모님 옆에서 세상에서 가장 자랑스러운 얼굴을 하고 있었다.

"엄마, 이거 내가 만든 거야."

"아빠, 나 혼자 할 수 있어요!"

짧지만 힘 있는 이 말들 속에는 누구보다 인정받고 싶고 사랑받고 싶은 아이들의 마음이 그대로 담겨 있었다. 오늘만큼은 아이들의 세상, 그 소중한 공간에 부모님을 초대하고 싶었던 것이리라. 부모님이 함께 있다는 사실만으로도 아이들은 세상을 다 가진 듯 행복해 보였다.

참여수업이 본격적으로 시작되자 교실 한편에서는 아이가 자신이 만든 작품을 부모님께 자랑스레 보여 주었고, 또 다른 한편에서는 평소에 보지 못했던 배려심을 발휘해 친구와 장난감을 사이좋게 나누는 모습도 보였다. 내 아이지만 집에서는 볼 수 없었던 새로운 모습들이었다. 발표 시간이 되자 한 아이가 또렷한 목소리로 자신의 생각을 또박또박 이야기했다. 그 모습을 바라보던 부모님의 눈가에는 놀라움과 감동이 번져 갔다.

'우리 아이가 이렇게 컸구나…'

그 마음이 그대로 전해지는 순간이었다. 뒤에서 지켜보던 부모님들 역시 저마다 아이의 성장에 대한 경이로움과, 그동안 미처 알지 못했던 또 다른 모습을 새삼스럽게 발견하는 시간을 보내고 있었다.

하지만 참여수업이 모든 아이들에게 마냥 즐겁기만 한 경험인 것은 아니다. 엄마와 아빠가 곁에 있으니 오히려 더 어리광을 부리거나, 잘 적응하지 못해 교실 한쪽에서 울음을 터뜨리는 아이도 있다. 그런 모습을 보며 마음이 조급해진 부모님이 화를 내거나, 결국 아이를 혼내며 교실을 나가는 모습을 볼 때면 내 마음까지 저릿하게 아파온다. 저 작은 어깨로 얼마나 많은 감정을 감당하고 있을지, 그 아이의 떨림과 슬픔이 고스란히 전해지기 때문이다. 참여수업의 현장은 때로 감격과 보람의 자리이기도 하지만, 부모와 아이 모두에게 작은 상처가 남을 수 있는 날이기도 하다.

그럼에도 내가 이 자리를 소중하게 여기는 이유는 참여 수업이 단순히 엄마 아빠가 유치원에 놀러 오는 날이 아니기 때문이다. 참여수업 시간은 부모님이 교실에 앉아 아이들과 함께 시간을 보내며 교사의 노력이 어떤 과정 속에서 이어지고, 아이가 어떻게 성장하고 있는지를 직접 체험할 수 있는 자리다. 아이가 사회성을 배우는 과정, 친구들과 어울리는 모습, 도전과 실패, 그리고 그것을 이겨 내는 작은 용기. 그 모든 순간이 부모님의 마음에 깊은 인상을 남긴다. 부모님 역시 집에서는 알지 못했던 아이의 또 다른 가능성과 성장의 흔적을 몸소 느끼게 된다.

무엇보다 아이에게는 부모님이 함께해 준다는 사실 자체가 세상에서 가장 큰 힘이 된다. 엄마와 아빠가 내 옆에 있다는 든든함, 내가 해내는 모습을 직접 바라보고 함께 기뻐해 주는 따뜻한 시선이 아이에게 얼마나 큰 응원이 되는지 나는 줄곧 목격해 왔다. 아이는 그날을 오래 기억할 것이다. 그리고 훗날 그 추억이 아이의 마음 한켠을 지탱해 주는 힘이 될 것이라고 나는 믿는다.

참여수업의 하루는 어쩌면 평범한 하루일지도 모른다. 하지만 그 시간 속에서 아이와 부모, 그리고 교사는 함께 성장한다. 오늘도 나는 아이의 손을 잡고 부모님의 따뜻한 미소를 바라보며 이 소중한 순간의 의미를 되새긴다. 부모와 아이, 그리고 모두가 서로에게 든든한 응원자가 되어 주는 이 자리에서 우리는 조금씩 더 나은 내일로 나아가고 있다.

 우리 아이 유치원에 다녀요

영차! 온 가족이 하나 된 가을 운동회

가을 이야기: 알록달록 추억 수확

가을 햇살이 유난히도 따스하게 운동장에 내려앉은 날이었다. 아침부터 유치원 운동장은 들뜬 공기로 가득했다. 평소보다 일찍 일어나 도시락을 챙기던 손길과, 운동화 끈을 단단히 매던 아이들의 작은 손이 유난히 분주하게 느껴졌다. 바람마저도 평소보다 상쾌하게 느껴지던 그날, 우리 유치원에서 가장 큰 축제인 가을 가족 운동회가 시작되었다.

운동장에 모인 아이들의 얼굴은 한껏 상기되어 있었다.

"오늘은 내가 달리기 1등 할 거야!"

아이들의 눈망울에는 기대와 자신감이 반짝였다. 평소에는 수줍음을 타던 아이도 오늘만큼은 누구보다 힘차게 운동장 한복판을 누비고 싶어 하는 마음이 고스란히 느껴졌다. 아이들의 가벼운 발걸음은 마치 설렘이 만들어 낸 날개와도 같았다.

드디어 운동회의 시작을 알리는 호루라기 소리가 울렸다. 아이들은 작은 두 다리로 전력을 다해 달렸다. 그 순간만큼은 누가 먼저 결승선을 통과하느냐보다, 지금 내가 할 수 있는 최선을 다하고 있는지가 더 중요해 보였다. 어떤 아이는 달리다 그만 넘어지기도 했다. 하지만 주저앉아 울기보다는 다시 일어나 먼지를 털고 결승선을 향해 힘차게 달려갔다. 포기하지 않는 용기의 순간이었다.

운동장은 아이들의 응원 소리로 가득 찼다.

"힘내! 할 수 있어!"

누군가가 자신의 이름을 불러 주면 아이는 더 큰 힘을 내 달렸다. 넘어져도 다시 일어설 수 있었던 것은 친구들의 응원과 따뜻한 시선 덕분이었다. 그 응원의 목소리에는 경쟁이 아니라 서로를 북돋아 주는 순수한 마음이 담겨 있었다. 그 모습을 바라보는 어른들의 눈가에도 어느새 잔잔한 감동이 번졌다.

운동회의 흥겨움은 아이들에게만 머무르지 않았다. 부모님이 함께하는 게임 시간이 다가오자 운동장은 또 한 번 들썩였다. 평소에는 아이를 응원하던 부모님이 직접 운동장 위에 올라서자 아이들의 눈빛은 더없이 빛났다. 엄마와 아빠가 나를 위해 힘껏 달리고 함께 뛰며 웃어 주는 그 순간, 아이들은 세상에서 가장 행복한 얼굴을 보여 주었다. 내 아이를 향해 두 팔을 벌리고 달려오는 부모님의 모습, 그 품에 안기며 아이들은 가족의 소중함을 온전히 느꼈을 것이다.

누가 더 빨랐는지는 금세 잊혔다. 1등을 하지 않아도, 상품을 받지 않아도 그날의 운동회는 오래도록 기억에 남을 소중한 시간이 되었다. 함께 땀 흘리며 웃고, 서로를 응원하며, 도전을 두려워하지 않았던 그 용기와 기쁨. 운동회가 끝난 뒤 아이들은 자신도 모르게 조금 더 단단해져 있었다. 함께하는 즐거움, 노력의 가치, 그리고 도전의 기쁨. 이 세 가지가 아이들의 마음속 깊은 곳에 차곡차곡 쌓여 가는 소리를 나는 분명히 들을 수 있었다.

운동장 위에서 반짝이던 아이들의 땀방울과 웃음, 그리고 가족이 함께한 그 따뜻한 하루는 앞으로 아이들이 성장해 가는 앨범 속에서 오래도록 빛날 것이다. 그날의 햇살처럼 마음 한켠에 따뜻하게 남아, 힘든 날이면 다시 꺼내 볼 수 있는 소중한 추억이 되어 줄 것이다. 가을 운동회는 단순한 행사가 아니라 우리 모두가 함께 만든 아름다운 이야기였다.

고운 한복 입고 손에 손잡고

가을 이야기: 알록달록 추억 수확

바람이 선선해지고 코끝을 스치는 가을 냄새에 마음이 먼저 들뜨는 계절이 오면, 나는 유치원 운동장에 가득 번지는 아이들의 웃음소리가 가장 먼저 떠오른다. 그날도 어김없이 우리 유치원에서는 추석 민속놀이 한마당이 펼쳐졌다. 아침부터 알록달록 고운 한복을 입은 아이들이 삼삼오오 모여들었다. 한복 치맛자락을 조심스레 잡고 한 걸음씩 내딛는 아이들의 모습은 마치 꽃봉오리들이 햇살을 받으며 천천히 피어나는 것처럼 사랑스러웠다.

"원장님, 저 오늘 예쁘죠?"

작은 손으로 한복 자락을 살짝 들어 보이며 수줍게 묻던 아이의 눈빛이 아직도 선하다. 그 말에 내 마음에도 절로 미소가 번졌다. 아이가 몸을 돌릴 때마다 치맛자락이 하늘하늘 흔들렸고, 운동장은 점점 환한 빛으로 가득 찼다. 아이들이 설렘을 안고 운동장을 뛰어다니는 모습을 바라보는 순간, 나 역시 그 기분 좋은 에너지에 자연스럽게 물들었다.

윷놀이와 제기차기, 투호 던지기, 그리고 강강술래까지. 아이들이 즐긴 민속놀이는 그저 즐거운 놀이 이상의 의미를 품고 있었다. 작은 손으로 윷가락을 던질 때마다 아이들은 규칙을 배우고 친구와 한 팀이 되어 협동하는 법을 익혔다. 마음속으로는 우리 팀이 이기길 바랐겠지만, 막상 승부가 결정되면 상대를 위로하는 모습이 더 인상 깊었다. "괜찮아, 다음에 이기면 돼." 소박한 위로가 오가고, 승리의 기쁨보다도 서로를 응원하는 마음이 따뜻하게 운동장을 감쌌다.

운동장 한켠에서는 강강술래가 시작됐다. 아이들이 둥글게 원을 그리며 서로의 손을 꼭 잡았다. 작은 손이 작은 손을

　　　　　　　우리 아이 유치원에 다녀요

타고, 전해지는 온기가 있었다. "강강술래~ 강강술래~" 노래를 부르며 돌고, 또 돌았다. 그 순간 나는 마치 오래전 마을 잔치에서 사람들이 한데 모여 즐거움을 나누던 시절로 돌아간 듯한 착각이 들었다. 아이들이 부르는 노래와 손을 잡고 도는 그 모습 속에는 오랜 전통을 이어 가는 소중한 마음이 고스란히 담겨 있었다.

아이들이 함께 어울리며 서로를 바라보던 그 순간은 놀이를 넘어 우리 모두가 가족처럼 따뜻하게 연결되는 소중한 시간이 되었다. 운동장을 가득 채운 웃음과 노랫소리는 아이들의 마음속에 오래 남아 함께 어울리며 웃던 그 순간을 따뜻한 기억으로 남겨 주었을 것이다.

다시 그날을 떠올리면 선선한 바람과 가을 냄새, 그리고 아이들의 해맑은 미소가 자연스레 마음에 스며든다. 나는 이 소중한 추억이 아이들에게도 오래도록 따뜻한 기억으로 남기를 진심으로 바란다.

"우리 애가요?"
몰랐던 모습을 발견하는 학부모 상담

유치원의 2학기가 시작되면 우리는 학부모님들과 마주 앉아 개별 상담을 진행한다. 바쁜 일상 속에서도 시간을 내어 유치원을 찾아오시는 부모님들을 맞이할 때면 마음이 늘 따뜻해진다. 이 시간은 아이의 생활을 일방적으로 전달하는 자리가 아니다. 가정과 유치원이 아이를 중심으로 이야기를 나누고, 함께 아이의 모습을 이해해 가는 시간이다.

     우리 아이 유치원에 다녀요

상담실 문을 닫고 조용히 마주 앉으면 부모님들의 표정에서 아이를 향한 깊은 사랑이 자연스레 느껴진다. "집에서는 말을 잘 안 해요." "친구들과는 잘 지내는지 궁금해요." 이런 질문들에는 아이를 향한 부모님의 마음이 고스란히 담겨 있다. 그 이야기를 듣다 보면 나도 모르게 고개를 끄덕이게 된다. 이처럼 상담은 서로의 이야기를 나누며 아이를 조금 더 깊이 이해해 가는 시간이다.

상담을 하다 보면 때로는 내가 부모님께 배우는 순간도 있다. 가정에서의 아이의 모습, 유치원에서는 미처 보지 못했던 아이의 습관이나 행동을 들을 때면 아이의 세계가 생각보다 훨씬 넓다는 것을 느끼게 된다. 부모님이 들려주는 가정에서의 이야기는 내가 알지 못했던 아이의 또 다른 모습을 보여 준다.

반대로 내가 유치원에서 본 아이의 모습을 전해 드릴 때면 부모님도 뜻밖의 이야기에 놀라곤 하신다. "우리 아이가 그렇게 친구들과 잘 어울렸나요?" "선생님, 그런 모습은 집에서는 잘 못 봤어요." 부모님은 내 이야기를 통해 아이의 새로운 모습을 발견하고 어느새 미소를 지으신다. 그럴 때마다 나는 아이의 성장이 가정과 유치원이 함께 만들어 가는 과정이라는 생각을 하게 된다.

상담의 끝자락에 이르면 늘 비슷한 이야기를 나누게 된다. 아이가 지금처럼 즐겁게 자라도록 함께 도와보자는 약속이다. 가정에서의 따뜻한 관심과 유치원에서의 돌봄이 이어질 때 아이는 더 안정된 마음으로 자라간다.

학부모 상담을 할 때마다 새로운 이야기를 듣고 새로운 깨달음을 얻는다. 가정에서 본 아이의 모습과 유치원에서의 모습이 이어지기는 자리이기 때문이다. 서로가 가진 이야기를 나누다 보면 우리는 아이를 더 깊이 이해하게 된다. 그렇게 우리는 오늘도 아이가 건강하게 자라도록 같은 방향을 바라보며 함께 걸어가고 있다.

 우리 아이 유치원에 다녀요

흙 묻은 고사리손으로 캐낸 달콤한 가을 선물

가을 이야기: 알록달록 추억 수확

유치원의 가을은 언제나 특별하다. 여름의 열기가 한풀 꺾이면 하늘은 깊고 푸르게 열린다. 그런 계절이 오면 아이들은 자연스럽게 텃밭으로 발걸음을 옮긴다. 매일 뛰놀던 놀이터 대신, 오늘만큼은 작은 모종삽을 손에 쥐고 저마다 작은 밭을 돌보는 농부가 된다.

아침 햇살이 텃밭 위에 내려앉으면 아이들의 손이 분주해진다. 작은 손으로 흙을 파며 고구마를 찾기 시작한다. "이게 고구마예요?" "잎이 이렇게 커요!" 아직 솜씨는 서툴지만 표정만큼은 누구보다 진지하다. 아이들 얼굴에 금세 신기한 기색이 번진다.

고구마는 땅속 깊이 숨어 있어 쉽게 모습을 드러내지 않는다. 아이들은 작은 삽으로 흙을 이리저리 파헤친다. 이마에는 땀이 맺히고 손끝은 금세 흙투성이가 되지만, 아이들에게는 그 과정도 하나의 재미있는 놀이가 된다.

그러다 고구마가 흙 속에서 모습을 드러내는 순간, 아이들의 환호가 텃밭에 울려 퍼진다. "우와, 진짜 고구마다!"라며 고구마를 들고 활짝 웃는 모습은, 마치 세상을 다 가진 듯한 표정이다. 손에 쥔 고구마에는 힘과 성취감이 고스란히 스며 있다. 짧은 시간이지만, 아이들은 스스로의 힘으로 무언가를 해냈다는 기쁨을 온몸으로 느낀다. 기다림 끝에 얻는 소중함, 땀과 웃음이 뒤섞인 순간, 아이들은 어느새 노력의 의미를 마음속 깊이 새긴다.

 우리 아이 유치원에 다녀요

텃밭의 한쪽에는 푸릇푸릇한 배추와 상추가 자라고 있다. 아이들은 조심스럽게 잎을 어루만진다. "이건 김치 만들 때 쓰는 거죠?"라며 손끝으로 잎의 질감을 느껴보고, 물을 주고, 혹시 벌레가 있는지 살펴본다. 작은 손길이지만 그 모습은 제법 진지하다. 배추와 상추를 바라보는 아이들의 눈빛에는 어느새 애정이 담겨 있다. 식탁에 오르는 음식이 어디에서 오는지, 어떤 과정을 거쳐 자라는지 아이들은 텃밭에서 자연스럽게 알게 된다.

씨앗을 심고, 흙을 만지며, 싹이 트고 자라는 과정을 지켜보는 일은, 교실 안의 어떤 교과서보다 더 깊은 가르침을 준다. 교사로서 또는 보호자로서 전해줄 수 없는, 흙 속에서 직접 길어 올린 삶의 지혜다. 아이들은 텃밭에서 생명에 대한 존중을 배운다. 고구마가 자라기까지의 긴 기다림을 통해 인내를 익히고, 배추와 상추를 함께 돌보며 협력의 기쁨도 알게 된다.

씨앗을 심고, 흙을 만지고, 싹이 트는 모습을 지켜보는 경험은 교실 안에서 배우는 것과는 또 다른 느낌을 준다. 아이들은 고구마가 자라기까지 기다려야 한다는 것도, 배추와 상추를 함께 돌봐야 한다는 것도 몸으로 익혀 간다. 흙을 만지며 보내는 시간 속에서 아이들의 표정도 한결 부드러워진다. 서로 도와가며 고구마를 캐고 작물을 돌보는 사이, 아이들은 자연과 조금 더 가까워진다. 어느새 텃밭은 아이들에게 단순한 놀이 공간이 아니라, 함께 시간을 보내는 또 하나의 교실이 된다.

가을 햇살 아래에서 아이들은 오늘도 작은 농부가 되어 흙과 바람 사이를 뛰어다닌다. 그 웃음소리 덕분에 유치원의 가을은 더욱 따뜻하게 기억된다.

 우리 아이 유치원에 다녀요

투닥투닥, 다투면서 단단해지는 아이들의 우정

2학기가 시작되면 교실 분위기도 조금 달라진다. 여름의 들뜬 기운이 가라앉고 아이들도 한층 차분해진다. 교실 생활에 익숙해지면서 서로의 이름과 성격도 자연스럽게 알게 된다. 장난처럼 던진 말 한마디에도 웃고 반응하며 관계가 조금씩 깊어진다.

하지만 가까워질수록 작은 갈등도 생긴다. 어느 날이었다. 교실 한쪽에서 아이들이 블록을 쌓으며 놀고 있었다. 그때

한 아이가 울먹이며 외쳤다. "내 블록을 뺏어갔어!" 옆에 있던 친구는 곧바로 억울하다는 듯 목소리를 높였다. 조용하던 교실 분위기가 순식간에 달라졌다. 평범하던 하루가 작은 소란으로 바뀌는 데는 오래 걸리지 않았다. 그 모습을 보며 나도 잠시 긴장했다. 하지만 이런 순간이 아이들에게는 꼭 필요한 경험이기도 하다. 그래서 바로 결론을 내리기보다는 아이들이 스스로 이야기를 해 볼 시간을 주기로 했다.

나는 두 아이를 내 옆에 앉히고 차분히 물었다.

"너는 무엇을 하고 싶었니?"

"그때 어떤 기분이었어?"

처음에는 서로 말을 가로막으며 감정을 쏟아냈다. 하지만 시간이 조금 지나자 아이들도 차츰 상대의 이야기를 듣기 시작했다. 한 아이는 눈물을 훔치며 서운했던 마음을 털어놓았고, 다른 아이는 억울한 표정으로 자신의 상황을 설명했다. 그 모습을 보고 있으면 아이들 마음속에서도 얼마나 큰 파도가 일었을지 자연스럽게 짐작이 된다.

　　　　　　　　　　　우리 아이 유치원에 다녀요

아이들의 감정이 조금씩 가라앉고 서로의 이야기를 듣기 시작하면서 교실의 긴장도 서서히 풀렸다. 결국 아이들은 "다음에는 같이 하자"는 말로 이야기를 마무리했다. 그때 아이들 얼굴에 떠올랐던 표정을 지금도 기억한다. 조금은 어색하지만, 한편으로는 안도한 듯한 미소였다. 이런 모습을 볼 때마다 갈등 역시 아이들이 친구가 되어 가는 과정이라는 생각이 든다.

부모님들은 아이가 갈등 이야기를 하면 종종 상대 아이를 먼저 탓하거나 원인을 빨리 찾으려고 한다. 하지만 아이에게 더 필요한 것은 누가 맞고 틀렸는지를 가르는 일보다 자신의 마음을 이해받는 경험이다. "속상했구나." "그래서 울었구나." 이런 짧은 말 한마디가 아이의 마음을 풀어 준다. 그 다음에는 이렇게 물을 수도 있을 것이다.

"그럼 다음에는 어떻게 하면 좋을까?"

이 질문을 통해 아이들은 스스로 방법을 생각해 보기 시작한다. 어른이 답을 정해 주기보다 아이가 스스로 해결책을 찾아보도록 기다려주는 것이다. 직접 답을 찾을 수 있도록 기다려주는 그 인내의 시간이야말로 어쩌면 진정한 교육인지도 모른다.

　　아이들의 다툼은 어른의 눈에는 작아 보일 수 있다. 하지만 아이들에게는 친구를 이해하고 관계를 배우는 중요한 순간이 된다. 부모가 곁에서 지켜보고, 교사가 아이들의 마음을 살피며 도와줄 때 아이들은 조금씩 서로를 이해하는 방법을 배워 간다. 교실에서 벌어지는 작은 다툼들은 그렇게 아이들을 조금씩 단단하게 만든다. 나 역시 그 과정을 지켜보며 아이들과 함께 성장하고 있다.

"우리 같이 할까?" 혼자보다 즐거운 함께

가을 이야기: 알록달록 추억 수확

유치원 교실에서 아이들과 함께한 시간들은 매일매일 새로운 감동을 선물했다. 그중에서도 내가 늘 마음에 새기는 것은 단순한 지식을 넘어, 함께라는 가치를 아이들이 몸으로 배우는 순간들이다. 우리는 종종 교육의 목표를 지식의 습득에만 두기 쉽지만, 협력과 배려의 태도야말로 아이들에게 꼭 심어주어야 할 소중한 삶의 기술이라고 생각한다.

특히 교실 안에서 프로젝트 활동이 시작될 때면 나는 늘 기대와 긴장, 그리고 작은 설렘을 느낀다. 프로젝트 활동은 아이들이 자연스럽게 서로를 마주하고 함께 일하는 법을 배울 수 있는 살아있는 배움의 장이기 때문이다.

아이들과 함께 했던 '우리동네 프로젝트'가 특히 기억에 남는다. 그날 우리는 팀을 나누어 각자 공원, 도로, 집, 상점 등 우리 동네의 모습을 꾸미기로 했다. 색종이와 풀, 가위 그리고 작은 손들이 분주히 움직이던 그 풍경이 아직도 눈에 선하다.

처음에는 어김없이 "내가 하고 싶어!"라는 외침이 여기저기서 터져 나왔다. 아이들은 저마다 자기 생각이 가장 옳다며 목소리를 높였고, 종종 친구의 의견은 들리지 않는 듯했다. 그 모습이 귀엽기도 했지만, 한편으로는 협력의 첫걸음을 내딛는 과정이 얼마나 쉽지 않은 일인지 다시금 느끼게 했다.

그럴 때마다 나는 조심스럽게 개입했다. "네가 이 부분을 이야기해줄래?", "이번에는 친구가 하고, 넌 다음에 해볼래?" 하나하나 역할을 조율해 나가며 아이들이 서로 이야기를 나누

　　　　　　　　　　　우리 아이 유치원에 다녀요

고 기다려주는 법을 연습하도록 안내했다.

시간이 흐르면서 아이들의 태도에도 변화가 나타났다. 처음에는 자기 생각을 먼저 내세우던 아이가 친구의 말을 들어주기 시작했고, "내가 기다릴게.", "네가 먼저 해." 같은 말들이 여기저기에서 들려왔다. 작은 갈등과 서툰 양보, 그리고 함께 고민하는 시간이 쌓이면서 아이들은 조금씩 함께 일하는 경험을 익혀 갔다.

프로젝트가 끝나고 완성된 동네 모형을 마주했을 때, 아이들의 얼굴에는 해맑은 웃음이 가득했다. 결과물이 완성된 것도 기뻤지만, 서로 도우며 함께 만들었다는 사실이 더 큰 기쁨이었던 듯하다.

이 과정을 지켜보며 나는 늘 부모님들께 한 가지 당부하고 싶은 마음이 생긴다. 협력이나 배려는 한 번 가르친다고 바로 익혀지는 지식이 아니다. 아이들이 실제로 경험하며 몸으로 익혀 가는 과정이 필요하다. 가정에서도 아이는 여러 경험을 통해 배울 수 있다. 가족과 함께 집안일을 나누거나, 동생에게 장난감을 양보하고, 때로는 작은 갈등 속에서 다른 사람의 입장을 생각해 보는 일들이다. 그런 시간이 쌓일수록 배움은 더욱 깊어진다.

때로는 아이가 실망스러운 결과를 가져올 수도 있다. 혹은 프로젝트 결과물이 기대만큼 멋지지 않을 수도 있다. 그렇지만 중요한 것은 결과가 아니라, 아이가 그 과정 속에서 기다려주는 마음과 함께 일하는 경험을 조금씩 배워 가고 있다는 사실이다.

아이에게 꼭 필요한 것은 "잘했다"는 말 한마디보다, 스스로 해보는 경험과 그 시간을 지켜봐 주는 어른의 기다림일지도 모른다.

협력과 배려는 교실에서 시작된다. 하지만 그 경험이 가정과 일상으로 이어질 때, 아이의 삶 속에서 더 오래 남는다. 함께하는 기쁨을 배우는 것, 그것이 내가 아이들과 함께하며 가장 소중하게 여기는 유치원 교육의 모습이다.

부모와 교사가 든든한 한 팀이 될 때

가을 이야기: 알록달록 추억 수확

1학기를 마무리하고 선선해진 10월이면 해마다 유치원에서는 학부모 개별 상담이 시작된다. 이 시기는 마치 한 해의 중간에서 잠시 멈춰 서서 아이가 걸어온 길을 돌아보고 앞으로의 방향을 함께 고민하는 시간처럼 느껴진다. 처음 교사로서 상담을 준비하던 날의 설렘과 긴장은 지금도 또렷하게 기억에 남아 있다. 부모와 교사가 마주 앉는 그 몇십 분이 아이 한 명의 성장을 위해 얼마나 소중한 의미를 가지는지 해가 갈수록 더 깊이 실감하게 된다.

개별 상담은 그저 아이의 생활을 일방적으로 전달하는 자리가 아니다. 이 시간을 통해 부모와 교사는 한 아이를 함께 바라보는 동반자가 된다. 부모와 처음 상담실에 마주 앉으면 나는 무엇보다 이 시간이 서로를 이해하고 신뢰를 쌓는 과정이라는 것을 느낀다. 때로는 부모의 눈빛에서 조심스러운 기대와 걱정이 동시에 묻어나오기도 하고, 아이가 잘하고 있는지 또래와 비교해 뒤처지지 않는지 궁금해하는 마음도 전해진다. 상담이 깊어지는 정도는 결국 '부모가 이 시간을 어떻게 바라보느냐'에 달려 있다는 사실도 여러 해 동안 겪으며 알게 되었다.

상담의 본질은 아이를 평가하거나 다른 아이와 비교하는 데 있지 않다. 아이가 지금 어떤 모습으로 자라고 있는지, 앞으로 무엇을 도와주면 좋을지 함께 고민하는 대화의 시간에 가깝다.

내가 깊이 감사하게 느끼는 순간은, 부모가 "우리 아이가 집에서는 이런데, 유치원에선 어떤가요?"라고 조심스럽게 물을 때다. 그 질문에는 아이를 더 잘 이해하고 싶은 마음이 담겨

 우리 아이 유치원에 다녀요

있다. 나 역시 교실에서 본 아이의 모습을 최대한 솔직하고 따뜻하게 전하려 한다. 친구들과 어울릴 때의 표정, 좋아하는 놀이, 가끔 보이는 고집스러운 모습까지 이야기를 나누다 보면 상담실 안에는 아이의 여러 모습이 하나씩 그려진다.

부모님의 이야기를 들으며 내가 미처 보지 못했던 아이의 모습을 발견하기도 한다. 집과 유치원에서 보이는 모습이 다를 수도 있기 때문이다. 서로의 경험을 나누는 과정 속에서 아이를 바라보는 시선도 조금씩 넓어진다.

상담에서 가장 중요한 것은 서로의 이야기를 차분히 듣는 일이다. 질문만 이어지는 시간이 아니라, 함께 아이를 생각해 보는 대화가 될 때 상담은 훨씬 깊어진다.

부모가 교사를 신뢰하고 집에서의 이야기를 들려주고, 교사가 교실에서의 모습을 솔직하게 전할 때 우리는 조금 더 편안하게 아이를 위한 길을 함께 걸어갈 수 있다. 그래서 나는 상담을 단순한 확인이나 점검의 시간으로 생각하지 않는다. 아이 한 명을 함께 돌보고 있다는 마음을 확인하는 시간이라고 느낀다.

부모와 교사가 같은 방향을 바라볼 때 아이는 더 안정된 마음으로 하루를 보낸다. 그리고 그 안정감 속에서 아이는 조금씩 자기 속도로 자라난다.

학부모 상담을 할 때마다 새로운 이야기와 배움을 만난다. 서로 다른 두 곳에서 아이를 바라보던 시선이 한 자리에서 만나는 순간이기 때문이다. 그렇게 부모와 교사는 아이가 건강하게 자라도록 같은 방향을 바라보며 함께 걸어가게 된다.

따뜻한 마음

하늘에서 내린 하얀 선물! 첫눈 오는 날

12월이 가까워질수록 아이들은 유치원 달력을 보며 겨울이 오기를 손꼽아 기다린다. 하루가 다르게 추워지는 날씨를 느끼며 아이들은 하나둘 겨울 이야기를 꺼낸다. 매일 아침 교실에서 나를 둘러싸고 "원장 선생님, 눈이 언제 와요?" 하고 묻는 아이들의 목소리에는 들뜬 기대가 가득하다. 아이들은 이미 마음속으로 눈 오는 날의 모습을 그려 놓았다. "눈 오면 눈사람 만들 거예요!"라고 외치는 아이의 눈동자에는 아직 오지 않은 겨울의 설렘이 맑게 비친다.

   우리 아이 유치원에 다녀요

그 기다림은 겨울이 아이들에게 주는 가장 큰 선물일지도 모른다. 내가 어릴 적 느꼈던 하얀 눈을 처음 마주하는 순간의 두근거림이 아이들을 통해 고스란히 되살아난다. 그리고 마침내 오늘 아침, 창밖을 바라보던 아이들보다 내가 먼저 작은 흰 점들이 하나둘 내리는 것을 발견한다. "얘들아, 눈이 온다!" 내 말이 끝나기도 전에 교실은 함성으로 가득 찬다.

아이들은 창문에 달라붙어 작은 입김으로 유리를 뿌옇게 만든다. 손가락으로 유리창에 눈송이를 따라 그리며 서로의 작품을 자랑한다. 창가에 붙어 있는 작은 얼굴들이 얼마나 사랑스러운지 모른다. 창밖의 눈송이가 아이들의 동그란 눈동자 위에도 내려앉은 듯, 반짝이는 순수함이 교실을 가득 메운다.

잠시 후 두꺼운 외투로 몸을 감싸고 아이들과 함께 놀이터로 나간다. 아직 아무 발자국도 없는 하얀 세상 앞에서 아이들은 한참 동안 멈춰 선다. 눈 위에 발을 딛는 순간 사각사각 소리와 함께 작은 발자국이 새겨진다. 아이들마다 "선생님, 제 발자국이 제일 크죠?", "여기서 미끄럼틀 타도 돼요?" 하며 연신 말을 건넨다. 작은 손바닥 위에 얹힌 눈송이는 금세 사라지지만, 그 찰나의 순간을 아이들은 오래도록 바라본다.

"왜 눈이 녹아요?" 한 아이가 묻는다.

"물이 되니까요." 내가 답한다.

하지만 아이들은 단순한 대답에 고개를 갸웃한다. 하얀 눈이 손에서 물로 변하는 그 짧은 순간에도 아이들의 마음에는 궁금함과 호기심이 자란다. 처음 밟아 보는 눈, 처음 만져 보는 차가움, 처음 보는 세상의 색깔까지 모든 것이 신기함과 설렘으로 다가온다.

아이들이 남긴 작은 발자국은 어쩌면 이들의 호기심과 상상이 자라나는 길이 아닐까 생각해 본다. 첫눈을 기다린 긴 시간만큼 눈이 주는 기쁨은 아이들의 마음에 더 진하게 남는다. 기다림의 가치와, 기다림 끝에 찾아오는 설렘과 기쁨을 아이들은 몸소 배우는 날이다. 그리고 나 역시 늘 바쁘게 살아가다 보면 잊기 쉬운 순수함을 아이들을 통해 다시 느끼게 된다.

오늘 아침 아이들과 함께 맞이한 첫눈은 내게도 소중한 깨달음을 준다. 첫눈처럼 맑고 깨끗한 아이들의 마음을 지켜

     우리 아이 유치원에 다녀요

주는 것이야말로 내가 지켜야 할 유치원의 가장 큰 역할임을 새삼 마음에 새긴다. 자연의 선물이 아이들에게 기다림과 설렘을 가르쳐 주듯, 나 역시 아이들의 순수한 마음이 오랫동안 하얗게 빛나기를 소망한다. 하얀 눈이 쌓인 놀이터에서 아이들과 함께 웃으며 나는 다시 처음처럼 마음을 맑게 비워 본다.

아이들의 마음에 내리는 크리스마스의 눈빛

유치원의 12월은 정말로 특별하다. 다른 달과는 전혀 다른 공기가 교실 가득 감돈다. 바깥 공기는 제법 차가워졌지만 교실 안은 더 따뜻하기만 하다. 활기찬 아이들의 웃음과 벽에 달린 반짝이는 오너먼트, 그리고 이따금씩 울려 퍼지는 캐럴 덕분이다.

매년 이맘때가 되면 자연스럽게 들리는 소리가 있다.
"원장 선생님, 산타 할아버지는 언제 와요?"

이 짧은 한마디 속에는 아이들의 들뜬 마음과 설렘이 모두 담겨 있다. 맑은 눈동자에는 기대감이 반짝이고, 나는 그 빛을 바라보며 괜히 마음이 뭉클해진다.

오늘은 유치원에서 크리스마스 트리를 꾸미는 날이다. 아침부터 아이들은 들떠 있다. 작은 손에 반짝이는 장식품을 하나씩 들고 누가 더 예쁘게 다는지 서로 묻고 자랑한다. "내가 단 게 더 예뻐!" 아이들 사이에 오가는 이 순수한 경쟁심마저도 귀엽기만 하다. 트리 꼭대기에 별을 다는 순간 교실은 아이들의 환호로 가득 찬다. 그 짧고도 강렬한 환호는 금세 교실을 성탄절의 마법 같은 분위기로 채운다. 트리 위에서 빛나는 별처럼 그 순간 아이들의 마음도 한층 더 환하게 빛난다.

트리를 완성한 뒤에도 아이들의 표정은 쉽게 가라앉지 않는다. 이제는 각자 크리스마스에 먹고 싶은 간식과 받고 싶은 선물 이야기를 꺼내 놓는다. 손을 번쩍 들고 "저는 초콜릿 케이크요!", "저는 딸기 우유요!" 각양각색의 소망이 쏟아져 나온다. 작은 소원 하나도 소중하게 여기는 아이들의 모습을 보며 나 역시 더 정성껏 준비해야겠다는 다짐을 하게 된다.

한 달 동안 진행되는 크리스마스 프로젝트는 단지 즐거운 놀이만은 아니다. 아이들은 이 시간을 통해 많은 것을 배운다. 산타 할아버지를 기다리며 기다림의 묘미와 설렘을 배우고, 친구들과 함께 소중한 것을 준비하며 나눔의 의미를 자연스럽게 익힌다. 누군가를 위해 선물을 만들며 작은 배려와 협동심도 자라난다. 그리고 무엇보다 서로의 마음을 한 번 더 따뜻하게 들여다보는 시간이 된다.

캐럴이 흐르는 교실 안에서는 아이들의 노랫소리와 웃음이 한데 어우러진다. 그 순간만큼은 나도 동심으로 돌아간 것처럼 함께 설레고 함께 웃게 된다. 매일 반복되는 일상에 지칠 때도 있지만 이렇게 반짝이는 12월의 교실에서 아이들과 함께하며 이 일이 얼마나 소중한지 새삼 깨닫게 된다.

12월의 유치원은 그렇게 아이들의 꿈과 기대, 그리고 사랑으로 어느 때보다 따뜻해진다. 크리스마스 트리 위의 별처럼 아이들 마음 하나하나가 밝게 빛나며 또 한 해의 마지막을 아름답게 장식해 준다. 이 순간들을 오래도록 간직하고 싶다. 이 특별한 12월을 아이들과 함께 보낼 수 있음에 다시 한 번 감사한 마음이 든다.

  우리 아이 유치원에 다녀요

"내가 도와줄게." 아이의 다정한 손길

유치원 현관을 드나들다 보면 문득 마음을 울리는 작은 장면들을 마주하게 된다. 어느 날 아침 만 5세 반 형아가 유치원에 들어서는 모습을 지켜보던 나는 그 곁에서 머뭇거리는 만 3세 동생 반 아이에게 눈길이 갔다. 작은 아이는 서성이며 실내화를 신지 못해 안절부절하는 눈치였다. 손끝에 닿는 신발이 어쩐지 마음처럼 잘 맞지 않는 모양이었다.

그 모습을 물끄러미 바라보던 형아는 조심스럽게 다가가
더니 부드러운 목소리로 "내가 도와줄까?" 하고 말을 건넸다.
그 한마디에서 조심스러운 배려와 따뜻한 마음이 느껴졌다.
그리고 이내 작고 야무진 손으로 동생의 발을 살짝 잡아 실내
화를 신겨 주었다.

순간 나는 아이의 작은 손끝에서 커다란 마음을 느꼈다.
누군가의 어려움에 자연스럽게 반응하는 그 모습이 참 대견하
고 고마웠다.

배려란 결코 하룻밤 사이에 만들어지는 것이 아니다. 아
이들은 유치원이라는 작은 사회 안에서 매일 서로의 다름을
이해하고 기다리는 법을 배워 나간다. 누군가는 먼저 달리고
누군가는 조금 더 느리게 움직인다. 놀이터에서, 교실에서, 점
심시간 식판을 나눠 받을 때마다 아이들은 자연스럽게 나만이
아닌 우리를 경험한다. 함께 놀이를 하며 기쁨을 나누고, 때로
는 의견이 어긋나기도 한다. 그런 시간들이 차곡차곡 쌓여, 오
늘 현관에서 마주한 것 같은 장면이 열매처럼 맺히는 것이다.

  우리 아이 유치원에 다녀요

가끔은 처음 유치원에 왔던 아이의 모습을 떠올리기도 한다. "나 혼자 못 해요."라며 주저주저하던 그 작은 아이가, 이제는 또 다른 친구의 어려움에 먼저 손을 내밀 수 있게 되었다. 이 변화는 단순히 혼자서 신발을 신을 수 있게 된 것과는 다르다. 아이의 마음 깊은 곳에서 공감이 자라나고 있다는 증거이기 때문이다. 누군가의 마음을 헤아리고 자신의 작은 힘으로 그 마음을 보듬어 줄 수 있다는 것, 그 성장이 내게는 무엇보다도 소중하게 느껴진다.

이런 변화는 유치원에서만 일어나는 일이 아니다. 가정에서도 아이들에게 작은 도움을 실천할 기회를 주는 것이 중요하다. 동생에게 장난감을 건네주거나 엄마 아빠의 식탁 준비를 살짝 도와보게 하는 것, 이런 소소한 경험들이 아이의 마음에 책임감과 따뜻함을 하나씩 심어 준다. 아이가 이런 작은 도움을 주었을 때 "정말 고마워."라는 칭찬 한마디를 아끼지 않는 것, 그 말 한마디가 아이의 배려심을 더 크게 키워 준다.

나는 유치원 현관에서 마주한 오늘의 작은 도움을 오래도록 기억하고 싶다. 그 모습은 지금 이 순간에도 아이들 마음

속에 차곡차곡 쌓이고 있을 것이다. 언젠가 그들은 더 넓은 세
상에서 더 큰 배려를 실천하는 어른으로 자라날 것이다. 그 시
작이 바로 오늘의 작은 손길이라고 나는 믿는다.

우리 아이 유치원에 다녀요

아이들의 작은 축제, 유치원 발표회

한 해를 마무리하는 12월이 오면, 유치원의 강당과 복도는 어느 때보다 특별한 설렘으로 가득 찬다. 유치원에 다니는 아이들은 물론이고, 그들을 기다리는 부모님과 선생님, 그리고 친구들 모두가 오늘이라는 날을 손꼽아 기다려 왔다. 바로 아이들이 지난 1년 동안 배우고 익힌 것들을 한데 모아 펼치는 연말 발표회 날이기 때문이다.

발표회가 열리는 강당 문을 열고 들어서면, 평범해 보이던 공간도 그날만큼은 전혀 다른 모습으로 다가온다. 벽에는 아이들이 그린 그림과 색색의 장식이 붙어 있고, 자그마한 의자들은 부모님들을 위해 가지런히 놓여 있다. 그 사이를 걷는 아이들의 발걸음에는 설렘과 긴장이 함께 묻어난다. 작은 손에는 조금은 땀이 배어 있지만, 그만큼 기대감도 커 보인다.

이 무대를 준비하기 위해 아이들은 2~3주 동안 열심히 연습해 왔다. 처음 연습이 시작됐을 때는 무대가 낯설고 두려운지 몇몇 아이들이 소극적인 모습을 보이기도 했다. 노래도 작게 불렀고, 율동도 겨우 따라 하는 듯 보였다. 하지만 반복되는 연습 속에서 아이들은 조금씩 달라졌다. 친구들과 함께 노래하고 서로 손을 맞잡고 율동을 하다 보면, 어느새 마음속에 용기가 생겼다. 누군가 실수를 하면 옆에서 도와주고, 선생님의 칭찬 한마디에 서로 박수를 보내며 응원하는 모습이 참으로 사랑스러웠다.

아이들은 발표회를 준비하는 과정 속에서 자연스럽게 협력하는 법을 배웠고, 실수를 이겨내는 인내와 무대에 서는 자

          우리 아이 유치원에 다녀요

신감을 키웠다. 무대 위에서 함께 노래를 부르고 춤을 추는 순간, 하나로 어우러진 아이들의 모습에는 그동안 차곡차곡 쌓여 온 성장의 흔적이 고스란히 담겨 있었다. 작은 발걸음 하나, 조그만 손짓 하나에도 지난 시간의 노력이 스며 있다.

드디어 무대의 막이 오르고, 환한 조명이 아이들을 비추는 순간 아이들의 눈동자에서 반짝임이 느껴졌다. 부모님을 찾으려 두리번거리던 아이가 무대 위에서 씩씩하게 "선생님, 제가 여기서 춤을 출 거예요!"라고 외친다. 그 모습을 바라보는 관객석의 부모님들은 미소를 짓고, 마음 한구석이 뭉클해진다.

무대 위에서는 실수도 있다. 율동이 잠깐 어긋나기도 하고, 가사를 잊어 멈칫하는 순간도 있다. 하지만 그런 순간마저 아이들에게는 용기와 도전의 경험이 된다. 잠시 머뭇거리다가도 다시 한 걸음을 내딛는 모습은 그 무엇보다 값지다.

발표회를 바라보는 부모님들의 표정에는 여러 감정이 스친다. 웃음이 터지기도 하고, 어느새 눈시울이 붉어지기도 한다. "우리 아이가 이렇게 컸구나."라는 말이 절로 나온다. 그 말 한마디는 아이들에게 세상에서 가장 든든한 힘이 된다. 아이들은 무대에서 쏟아지는 박수를 받고, 집에서는 부모님의 사랑과 격려를 받으며 자신감을 조금씩 키워 간다. 오늘의 경험은 아이들의 마음속 어딘가에 따뜻한 추억으로 오래 남을 것이다.

연말 발표회는 단순한 공연이 아니다. 아이들이 한 해 동안 얼마나 배우고 자랐는지, 친구들과 얼마나 깊은 우정을 나누었는지, 그리고 부모님과 얼마나 따뜻한 시간을 함께했는지를 보여 주는 소중한 자리다. 지금 이 순간을 통해 아이들은 한 해를 마무리하고, 다가올 내년에는 더 큰 도전을 향해 나아갈 준비를 하고 있다.

무대 위에서 부끄러워하던 아이가 어느새 씩씩하게 손을 흔든다. 그 모습을 바라보며 나는 매년 벅찬 감동을 느끼고, 아이들의 밝은 미래에 대한 희망을 다시 한 번 떠올린다. 아이들은 오늘의 추억을 마음에 간직한 채, 내년의 무대에서는 더 큰 자신감으로 성장해 있을 것이다. 나는 이 작은 무대 위에서 펼

　　　　　　　　　　　우리 아이 유치원에 다녀요

처지는 아이들의 큰 성장을, 그리고 그 성장의 순간을 함께 나누는 모든 이들의 기쁨을 오래도록 기억하고 싶다.

겨울 이야기: 따뜻한 마음

트리 밑에 숨겨둔 아이들의 소원

겨울이 점점 더 깊어질수록 유치원 교실 안은 어느 때보다 반짝인다. 바깥에서는 차가운 바람이 창문을 두드리지만, 아이들의 웃음소리와 설렘으로 교실 안은 포근한 온기로 가득 찬다. 아이들에게 12월은 특별하다. 산타잔치가 기다리고 있기 때문이다. 이 행사는 단순히 선물을 주고받는 자리가 아니라, 아이들이 한 해를 마무리하며 자신의 성장을 돌아보고 친구들과 소중한 추억을 나누는 시간이다.

몇 해 전, 우리 유치원에서도 크리스마스 전날을 맞아 아이들과 함께 소박한 공연을 준비하고, 선물을 나누며 따뜻한 호빵을 함께 먹는 시간을 가졌다. 그해의 산타잔치는 내게도 특별한 기억으로 남아 있다. 준비 과정 자체가 마치 작은 마을의 축제처럼 느껴졌기 때문이다.

아이들은 각자 맡은 역할에 최선을 다했다. 크리스마스 장식을 교실 벽에 붙이는 일도 혼자 하려 하지 않았다. "네가 붙여, 내가 잡아 줄게!" 하며 서로 도왔고, 작은 역할극을 준비하면서도 친구가 실수하면 기다려 주고 응원해 주었다. 교실 곳곳에서 그런 따뜻한 장면들이 자연스럽게 이어졌다.

그중에서도 지금까지 잊히지 않는 순간이 있다. 산타복을 입은 체육 선생님이 교실에 들어오자 한 아이가 조심스럽게 다가가 산타할아버지의 손을 잡고 작은 목소리로 말했다.

"산타 할아버지, 저 매일 울지 않고 유치원에 왔어요."

그 한마디에 선생님과 나는 가슴이 뭉클해졌다. 그 아이에게 산타는 단지 크리스마스의 상징이 아니었다. 지난 1년 동안 스스로 노력해 온 시간을 인정받고 싶은 작지만 간절한 마음의 대상이었다. 아이의 눈빛에는 자신이 이룬 작은 성취를 꼭 알아봐 주었으면 하는 기대가 담겨 있었다. 어린아이였지만 그 마음이 얼마나 깊고 진지한지, 우리는 절로 미소를 지으며 고개를 끄덕였다.

산타 잔치는 단순히 선물만으로 아이들을 기쁘게 하는 행사가 아니다. 아이들은 함께 잔치를 준비하는 과정 속에서 협력과 배려, 그리고 기다림의 가치를 배운다. 반짝이는 장식 하나를 붙일 때도 서로 손을 빌리고, 소박한 역할극을 하면서도 친구의 순서를 기다려 준다. 작은 실수조차 함께 웃으며 넘기는 그 순간들이 교실을 더욱 따뜻하게 만든다.

교실 안에 울려 퍼지는 아이들의 웃음소리와 "선생님, 저 이거 도와줄게요!" 하는 말들은 언제나 내 마음을 따뜻하게 만든다.

     우리 아이 유치원에 다녀요

　나는 크리스마스의 진짜 불빛은 교실 천장에 달린 전구에서 나오는 것이 아니라고 믿는다. 그 불빛은 결국 아이들의 마음에서 켜진다. 부모와 교사가 손을 맞잡고 만들어 가는 이 특별한 시간은 아이들에게 오래도록 남을 따뜻한 추억이자 세상을 살아가는 첫 배움이 될 것이다.

과정을 함께 칭찬하는 연말의 의미

12월이 되면 마음이 조금 바빠진다. 한 해의 마지막 달이라는 이유만으로도 무엇인가를 정리하고 돌아봐야 할 것 같은 조급함이 느껴진다. 어른이든 아이든 이 시기에는 스스로를 돌아보며 '어떤 결과'를 남겼는지를 자연스럽게 셈하게 된다.

하지만 나는 해마다 12월이 오면 조금 다른 방식으로, 아이들과 함께 걸어온 길을 천천히 되짚어본다. 그리고 부모님께 꼭 전하고 싶은 한 가지가 있다. 바로 결과보다 '과정'을 칭

   우리 아이 유치원에 다녀요

찬하는 태도다.

생각해 보면 아이들과 함께한 1년은 언제나 배움의 자리였다. 그 자리에는 땀도 있었고, 웃음도 있었으며, 때로는 속상한 눈물도 있었다. 이 모든 순간이 아이들의 성장의 흔적이다. 어른의 눈에는 별것 아닌 시도처럼 보일지라도 아이에게는 아주 큰 용기와 도전이었을 때가 많다.

기억에 남는 한 아이가 있다. 그 아이는 블록으로 탑을 쌓는 일을 무척 좋아했다. 하지만 원하는 모양이 나오기까지는 수없이 탑이 무너졌다. 그때마다 아이는 잠시 멈춰 서서 속상한 표정을 짓다가도, 이내 다시 블록을 하나씩 쌓기 시작했다.

결국 아이는 자신이 그리고 있던 탑을 완성했다. 우리는 흔히 "와, 성공했구나!"라고 말하며 결과를 칭찬하기 쉽다. 하지만 나는 아이에게 이렇게 말했다.

"여러 번 무너졌는데도 포기하지 않고 다시 세웠구나."
이 짧은 말 한마디에 아이의 눈이 반짝였다. 결과가 아니라 그 과정을 보아주고 인정받는 경험은 아이에게 성취 이상의 용기를 남긴다. '내가 도전한 것 자체가 소중하다'는 감정, '실패해도 괜찮다'는 믿음이 아이의 마음에 스며든다. 실제로 과정 속에서 칭찬을 받은 아이들은 결과에만 매달리거나 실수를 두려워하기보다 새로운 시도를 더 즐기게 된다.

연말이 되면 성적표, 완성된 그림, 발표의 유창함처럼 눈에 보이는 성과들이 자연스럽게 더 주목받는다. 그러나 나는 부모님께 꼭 말씀드리고 싶다. 시험 점수나 그림의 완성도, 발표의 멋진 모습보다 더 소중한 것은 그 과정에서 보인 노력과 인내, 그리고 친구와 협력하는 태도다.

"친구와 함께 준비하느라 기다려 주었구나."
"스스로 다시 시도했다니 참 대단하구나."
이런 말은 아이의 마음에 자존감과 자신감을 심어 준다.

12월은 결과물을 평가하는 시기가 아니다. 오히려 한 해 동안 아이가 걸어온 과정을 함께 돌아보고 칭찬하며 격려하는 시간이다. 부모님의 따뜻한 시선 속에서 아이는 자신이 이룬

　　　　　우리 아이 유치원에 다녀요

성과보다, 그 과정을 위해 흘린 땀과 도전을 더 자랑스럽게 느끼게 된다.

나는 믿는다. 아이가 평생 안고 갈 '배움의 힘'은 끝까지 해냈다는 결과에서만 생기는 것이 아니라는 것을 말이다. 아이의 평생을 단단히 지켜줄 마음속 버팀목은 '나는 도전할 수 있는 사람이다'라는 확신이 있을 때만 가능하다.

그래서 12월이 되면 나는 아이와 함께 지나온 시간들을 찬찬히 이야기해 본다. 실패했던 기억도, 다시 도전했던 순간도, 함께 웃었던 시간도 모두 소중한 발자국이라고 말해 준다. 이 과정을 함께 인정하고 칭찬할 때 아이는 자신의 성장 이야기를 마음속에 새기며 또 한 걸음 용기 있게 앞으로 나아가게 된다. 그래서 12월이라는 마지막 달의 의미는 더욱 특별하게 느껴진다.

겨울방학, 아이가 자라는 시간

누군가 내게 겨울방학이란 무엇이냐고 묻는다면, 나는 그것을 단순히 학교와 학교 사이의 공백이라고 말하지는 못할 것 같다. 나에게 겨울방학은 아이가 한 해의 쉼을 누리며, 아직 알지 못했던 세상을 자신의 속도로 배워 가는 넉넉한 시간이다. 아이를 키우면서 나는 이 시간의 소중함을 조금씩 더 깊이 깨닫게 되었다.

 우리 아이 유치원에 다녀요

늘 그렇듯 겨울방학이 다가오면 부모에게도 새로운 고민이 시작된다. 올해는 어떤 학원에 보내야 할지, 방학 특강은 얼마나 들어야 할지, 친구들은 벌써 선행학습을 시작했다는데 우리 아이는 괜찮을지 하는 걱정이 마음에 스며든다. 아이가 뒤처질까 염려되어 더 많은 문제집과 더 긴 공부 시간으로 방학을 채워야 하는 것은 아닐지 고민하게 된다. 나 역시 그 마음을 충분히 이해한다.

그러나 곰곰이 돌아보면 아이에게 정말 필요한 것은 무엇을 더 배우느냐가 아니라 어떤 경험을 깊이 하느냐라는 생각이 든다.

아이들은 놀이 속에서 자란다. 눈이 소복이 쌓인 날, 긴 장화를 신고 밖으로 나가 친구들과 눈사람을 만들던 아이의 얼굴은 어느 때보다 행복하다. 눈덩이를 하나씩 굴리며 친구와 힘을 합쳐 눈사람을 완성하는 과정에서 아이는 자연스럽게 협력하는 법을 배운다.

집에서는 블록을 쌓다가 무너뜨리고 다시 도전하는 과정 속에서 실패를 두려워하지 않는 용기를 기르게 된다. 때로는 주방에서 아이와 함께 계란을 풀고 재료를 나누며 요리를 완성하는 순간, 서로 역할을 나누고 책임을 배우기도 한다. 이런 작은 순간들이 쌓이고 쌓여 아이의 마음을 채운다고 나는 믿는다.

책을 읽고 함께 이야기를 나누는 시간, 박물관이나 미술관을 찾는 하루의 외출, 부모와 함께 걷는 산책길에서 나누는 대화 역시 아이에게는 새로운 세상을 여는 문이 된다. 지식은 책 속에만 있는 것이 아니다. 엄마 아빠와 나누는 따뜻한 눈빛과 손길, 박물관에서 느끼는 설렘, 처음 보는 그림 앞에서 감탄하던 순간들, 이런 감정과 기억이 아이의 감성을 단단하게 만든다.

방학을 앞두고 아이에게 무엇을 더 가르쳐야 할지, 얼마나 더 채워야 할지 고민하는 부모의 마음은 충분히 이해한다. 그러나 아이의 속도를 인정하고 배움의 기쁨을 지켜 주고 싶다. 긴 학원 수업과 끝없는 과제가 오히려 아이의 호기심을 꺾

   우리 아이 유치원에 다녀요

을 수도 있기 때문이다. 배우는 일이 기쁨이 아니라 부담이 된다면 그 배움은 오래 이어지기 어렵다.

나는 겨울방학의 목표가 앞서가는 공부가 아니라 아이의 내면을 채워 주는 경험에 있다고 생각한다. 아이와 함께 뛰놀고 웃으며 추억을 만들었던 시간들은 시간이 흐른 뒤에도 아이의 마음속에 오래 남아 삶을 단단하게 지탱해 줄 것이다. 교과서 속 지식보다 더 오래, 더 깊이 남는 기억이 바로 그런 시간들일지도 모른다.

부모가 불안을 조금 내려놓고 아이의 속도를 인정하는 순간, 겨울방학은 아이가 자라는 시간이 된다.

이번 겨울방학이 아이에게 자유와 놀이, 그리고 새로운 경험이 스며드는 따뜻한 계절이 되기를 진심으로 바란다. 부모와 함께 만든 하루하루가 아이의 새로운 힘이 되어, 다음 학기를 더욱 즐겁고 힘차게 맞이할 수 있기를 마음 깊이 응원한다.

배움의 즐거움을 지키는 다리, 놀이에서 학교로

만 5세 자녀를 둔 부모라면 누구나 한 번쯤 이런 고민을 한다. "이제 곧 초등학교에 입학하는데, 지금부터는 본격적으로 공부를 시작해야 하지 않을까?"

나 역시 주변 부모들과 이야기를 나누다 보면, 이 질문이 얼마나 우리의 마음 한구석을 무겁게 짓누르는지 느끼곤 한다. 우리 아이가 혹시 뒤처지지는 않을까, 다른 아이들은 벌써 읽고 쓰기를 시작했다는데 우리 아이만 너무 노는 것은 아닐까, 이런 걱정이 자연스럽게 고개를 든다.

하지만 마음 한편에서는 또 다른 질문이 떠오른다. 지금 우리 아이에게 정말 필요한 것은 무엇일까. 정말로 종이에 연필을 쥐고 앉아 문제집을 푸는 것이 최선일까.

나는 아이가 유치원에서 뛰노는 모습을 지켜보며 그 속에서 자라는 힘을 느낄 수 있었다. 블록을 쌓았다가 무너뜨리고 다시 올리는 작은 손끝에는 수많은 시도와 실패, 그리고 다시 도전하는 용기가 담겨 있다. 아이는 블록이 넘어질 때마다 머릿속으로 균형을 가늠하고, 더 튼튼하게 쌓을 방법을 고민한다. 그 모습을 보며 나는 우리가 그토록 강조하는 '사고력'이 바로 이런 순간에 싹트는 것이 아닐까 생각하게 된다.

역할놀이를 할 때도 마찬가지다. 친구들과 의견을 나누고 서로의 역할을 정하며 놀이의 규칙을 만들어 간다. 그 과정에서 아이들은 자연스럽게 사회적 규칙을 익히고 관계를 조율하는 법을 배운다. 추상적으로 보이던 사회성이라는 개념이 아이들의 놀이 속에서는 놀라울 만큼 자연스럽게 몸에 배어 간다.

　그림을 그리거나 만들기를 할 때면 아이는 세상에 없던 무언가를 상상하고 손에 쥔 도구로 그것을 표현한다. 색을 고르고 선을 그으며 자신의 생각과 감정을 차분히 들여다본다. 이런 경험들이야말로 초등학교에서 필요한 표현력과 집중력의 씨앗이 아닐까 생각한다. 나는 점점 확신하게 된다. 유치원에서의 놀이는 학습과 분리된 시간이 아니라 오히려 배움의 기초를 단단히 다져 주는 밑거름이라는 사실을 말이다.

　수학적 사고 역시 놀이 속에서 자란다. 누군가는 연산 문제를 먼저 푸는 것이 중요하다고 생각할지도 모른다. 그러나 나는 아이와 함께 주사위 놀이를 하거나 퍼즐을 맞추는 시간을 소중하게 여긴다. 주사위를 굴리는 과정에서 아이는 자연스럽게 수의 크고 작음을 비교하고 순서를 익히며 더하고 빼는 연산의 기초를 경험한다. 퍼즐을 맞출 때는 공간 감각과 논리적인 추론 능력이 함께 자란다. 놀이 속에는 수학적 개념의 뿌리가 조용히 숨어 있다.

　　　　　　　　　우리 아이 유치원에 다녀요

글자 읽기도 예외가 아니다. 책을 읽어 주며 이야기에 푹 빠지는 시간을 통해 아이는 글자를 조금씩 익히고 이야기의 흐름과 문장 구조를 자연스럽게 받아들인다. 이때 가장 중요한 것은 '재미'다. 아이가 책을 놀이처럼 즐길 수 있을 때 읽기의 힘은 자연스럽게 따라온다. 억지로 가르치지 않아도 아이는 이야기 속 세상을 탐험하며 언어의 세계를 자기 것으로 만들어 간다.

나는 '이음교육'의 핵심이 바로 여기에 있다고 생각한다. 유치원 시기에 아이가 즐기던 놀이를 초등학교 학습으로 자연스럽게 이어 주는 것이다. 예를 들어 시장놀이를 하며 물건 값을 세고 돈을 주고받는 경험 속에서 수와 연산의 개념을 익힐 수 있다. 하루를 마치며 놀이처럼 짧은 일기를 써 보는 것만으로도 글쓰기와 자기 표현의 기초가 차곡차곡 쌓인다.

초등학교 입학을 앞둔 시기에 가장 중요한 준비는 선행학습이 아니라 아이의 '배움에 대한 즐거움'을 지켜 주는 일이라고 생각한다. 억지로 공부를 시작하면 아이는 호기심보다 두려움을 먼저 느낄 수 있다. 하지만 놀이 속에서 배우는 즐거움을 계속 이어 간다면 아이는 학교에서도 스스로 질문하고, 틀려도 다시 도전하는 용기를 가질 수 있다.

나는 아이의 손을 잡고 이렇게 말해 준다.

"공부는 네가 궁금해하는 것들을 알아가는 일이야. 오늘 했던 시장놀이도, 블록 놀이도, 그림 그리기도 모두 배움이란다."

공부를 잘하는 아이로 키우는 것보다 배움을 즐기는 아이로 키우는 것이야말로 부모가 아이에게 해 줄 수 있는 가장 큰 준비라고 나는 믿는다.

그래서 이제 나는 걱정보다 믿음을 택한다. 아이의 놀이가 곧 배움이라는 사실을, 그 안에 초등학교 생활의 준비가 이미 담겨 있다는 것을 믿기 때문이다. 무엇보다 '배움 자체를 즐길 수 있는 힘'이 아이의 평생 자산이 되리라는 믿음이 있다. 그 믿음 속에서 나는 오늘도 아이와 함께 조바심 내지 않고 웃으며 논다.

    우리 아이 유치원에 다녀요

유치원에서
배워요

정리 정돈의 달인

유치원의 하루는 언제나 분주하다. 아이들은 아침부터 신이 나서 등원하고, 교실 문을 들어서는 순간 온갖 호기심으로 세상을 탐구하기 시작한다. 내가 아이들과 함께 지내는 이 공간은 늘 웃음과 소란, 그리고 작은 기적들로 가득하다. 그중에서도 내가 가장 자주, 그리고 깊이 마주하는 기적은 아이들이 스스로 정리 정돈을 배워 가는 순간이다.

처음 아이들이 내 곁에 왔을 때를 떠올리면 아직도 웃음이 난다. 서툰 손길로 물건을 여기저기 내려놓고, 색연필은 뚜껑도 닫지 않은 채 책상 위에 남겨 두곤 했다. 아이들에게 '정리 정돈'이라는 말은 아직 익숙하지 않은 개념이었다. 그래서 나는 아이들의 손을 잡고 하나씩 알려 주어야 했다. "이건 여기에 두는 거야." "색연필은 뚜껑을 닫아 보자." 이 말을 몇 번이고 반복해야 했다. 때로는 아이들이 일부러 어지럽혀 놓고 도망가듯 웃으며 달아나는 장난을 치기도 했다. 그럴 때면 마음 한편에서 답답함이 올라오기도 했다. 이 아이들이 과연 스스로 할 수 있을까 하는 의문이 스치기도 했다.

하지만 시간이 흐르면서 교실에는 조금씩 놀라운 변화가 나타나기 시작했다. 그림을 그린 뒤 자연스럽게 크레파스를 상자에 넣는 손길, 소꿉놀이를 마친 뒤 아무도 시키지 않았는데도 접시와 컵을 제자리에 옮겨 놓는 모습, 블록 놀이를 마친 뒤 블록함 앞에 앉아 하나씩 담아 올리는 모습. 이 모든 장면이 내게는 작은 기적처럼 느껴졌다. 아이들이 하는 일은 단순히 물건을 제자리에 두는 행동이 아니었다. 정리 정돈이라는 습관을 통해 스스로를 조금씩 성장시키고 있다는 것을 나는 분명히 느낄 수 있었다.

정리 정돈을 가르친다는 것은 단지 교실을 깨끗하게 유지하기 위한 일이 아니다. 아이들은 이 과정을 통해 집중하는 법과 순서를 생각하는 법을 배운다. 어디에 무엇을 두었는지 기억하고 다시 찾아 쓰는 과정에서 자연스럽게 논리적인 사고도 자란다. 또 여러 명이 함께 사용하는 교실에서는 다음 친구를 위해 물건을 제자리에 두는 배려의 마음도 생겨난다. 정리 정돈이라는 작은 습관 속에 집중력과 질서, 그리고 배려의 마음이 함께 담겨 있는 셈이다.

몇 주 전에는 오래 기억에 남을 만한 장면을 보았다. 한 아이가 그림을 그리고 남은 종이와 크레파스를 조용히 정리한 뒤 내게 다가와 말했다. "선생님, 이제 혼자 할 수 있어요." 짧은 말이었지만 그 안에는 그 아이가 쌓아 온 노력, 그리고 마침내 스스로 해냈다는 뿌듯함이 담겨 있었다. 나는 그 작은 손을 꼭 잡아 주며 마음속으로 크게 박수를 보냈다. 그 순간만큼은 나의 노력과 아이의 성장이 서로 맞닿아 있다는 느낌이 들었다.

　　　　　　　　　　우리 아이 유치원에 다녀요

아이들은 정리 정돈을 배우면서 자신을 돌보는 법도 함께 익힌다. 물건을 소중히 다루고, 필요할 때 스스로 찾아 쓸 수 있는 자립의 경험이 차곡차곡 쌓인다. 비록 서툴고 느릴 때도 있지만, 스스로 해냈다는 작은 성공의 경험은 더 큰 도전을 향해 나아갈 힘이 된다.

정리 정돈은 작은 습관이지만 아이들의 삶에서는 중요한 시작점이다. 유치원에서 배운 이 작은 습관이 앞으로 아이들의 성장과 자립, 그리고 더불어 살아가는 사회성의 밑거름이 되리라는 믿음을 나는 가지고 있다.

오늘도 아이들은 작은 손으로 큰 배움을 실천하며 조금씩 '정리 정돈의 달인'으로 자라 가고 있다. 나는 그 곁에서 함께하며, 이 작지만 소중한 성장의 순간들을 조용히 응원한다.

사소한 일상이 모여
아이에게 보석 같은 순간이 됩니다

유치원에서의 하루하루는 어른이 보기에는 평범하게 흘러가는 것처럼 보이지만, 그 속에서 아이들은 놀라울 만큼 많은 것을 배우고 성장한다. 내가 아이들과 함께한 유치원 생활을 떠올릴 때면, 어떤 커다란 사건보다도 이렇게 조용하지만 단단하게 쌓여 가는 작은 배움들이 유독 마음에 남는다.

아직 말이 서툰 아이들이지만, 친구가 자신의 색연필을 빌려주었을 때 "고마워요" 하고 인사하는 모습은 내게 늘 큰 울림을 준다. 그 한마디 속에는 감사의 마음이 자연스럽게 담겨 있다. 가르치려고 애쓰지 않아도 아이들은 서로 어울리며 일상 속에서 감사함을 익혀 간다. 단순히 예의 바른 말을 반복하는 것이 아니라, 누군가에게 배려를 받았을 때 마음 깊은 곳에서 저절로 우러나오는 감사의 감정이다. 아이들은 이렇게 관계 속에서 삶의 기본이 되는 감정을 배워 가고 있었다.

놀이터에서 장난감을 가지고 놀 때면, 내 차례만을 고집하던 아이가 "이제 네가 하고, 나중에 내가 할게"라고 말하는 순간을 목격하기도 한다. 그럴 때마다 내 마음은 그저 뭉클해진다. 장난감을 나누고 차례를 기다리는 일이 비록 작은 행동처럼 보일지라도, 그 과정에서 아이들은 양보와 배려를 몸소 체험하게 된다. 친구의 기분을 헤아리고 스스로 조금 참아내는 법을 배워 가면서, 아이들의 마음속에는 서서히 공감과 존중이라는 씨앗이 뿌리를 내린다.

처음 유치원에 왔을 때만 해도 아이들은 대부분 자기중심적이었다. 서로 먼저 놀겠다고 다투기도 하고, 장난감을 손에서 놓지 않으려 애쓰기도 했다. 그러나 시간이 조금씩 흐르면서 차례를 양보하기도 하고, 친구가 원하는 색연필을 먼저 내어주기도 한다. 누군가가 울고 있으면 다가와 손을 잡아 주고 "괜찮아?" 하고 작은 위로를 건네기도 한다. 이런 변화를 지켜볼 때마다 나는 아이들이 겪는 성장이 얼마나 크고 소중한지 다시금 깨닫는다.

이렇듯 유치원에서의 작은 배움들은 결코 사소하지 않다. "고마워요"라는 감사의 말 한마디, 장난감을 나눠 쓰며 기다리는 인내, 친구를 먼저 생각하는 작은 손길. 이 모든 것이 차곡차곡 쌓여 아이들은 점점 더 사회성을 기르고 책임감 있는 사람으로 자라난다. 그리고 무엇보다 타인을 배려할 줄 아는 따뜻한 마음을 키워 간다.

나는 이 시간들이 훗날 아이들의 삶에 얼마나 큰 힘이 되어 줄지 믿어 의심치 않는다. 오늘도 교실 한켠에서 들려오는 작은 인사와 웃음 속에서, 아이들이 조금씩 더 넓은 세상으로 나아갈 준비를 하고 있음을 느낀다. 이 소중한 배움의 순간들이 모여 언젠가 어른이 되어서도 여전히 따뜻하고 선한 마음을 잃지 않는 사람으로 자라나길, 나는 진심으로 바란다.

    우리 아이 유치원에 다녀요

작은 실패, 큰 성장의 순간들

유치원 교실 문을 여는 순간, 나는 늘 새로운 기대와 설렘을 안고 하루를 시작한다. 그 안에는 수많은 작은 도전과 실패, 그리고 그보다 더 큰 성장이 기다리고 있다. 아이들은 매일같이 낯설고 새로운 것들과 부딪히며 살아간다. 부모님의 따뜻한 품에서 한 걸음 나와 세상과 처음 마주하는 그 자리에서, 아이들에게 실패란 결코 작은 일이 아니다. 때로는 분홍빛 블록을 조심스럽게 쌓다가 한순간에 무너져 버리기도 하고, 마음 속에 그린 멋진 그림이 종이 위에 생각처럼 그려지지 않아 눈물이 그렁그렁 고이기도 한다.

그 모습을 볼 때마다 나는 아이들의 마음 한편에서 일렁이는 실망과 두려움을 느낀다. 하지만 동시에 아주 조금씩 그들의 표정이 달라지는 순간도 목격하게 된다. 처음에는 실패 앞에서 멈춰 서던 아이가 어느새 다시 용기를 내어 블록을 하나씩, 두 개씩 차근차근 쌓아 올린다. "선생님, 또 넘어졌어요!"라며 손을 내밀 때, 나는 무너진 블록보다 더 단단해진 아이의 마음을 읽는다.

실패라는 단어에는 왠지 모르게 무거운 그림자가 드리워져 있다. 하지만 유치원에서의 실패는 결코 끝이 아니다. 오히려 그 실패는 아이가 세상과 제대로 마주할 수 있게 해 주는 소중한 문턱이다. 나는 그 문턱 앞에서 주저하는 아이에게 살짝 손을 내밀 뿐이다. 그 아이가 자신의 힘으로 그 문턱을 넘어설 수 있도록 말이다.

아이들은 실패를 반복하면서 아주 중요한 것들을 배워 나간다. 넘어져도 다시 일어나는 용기, 잘 되지 않아도 포기하

    우리 아이 유치원에 다녀요

지 않는 마음, 그리고 무엇보다 자신을 믿고 다시 시도하는 힘이다. 이 모든 것은 책이나 말을 통해 쉽게 얻을 수 있는 것이아니다. 직접 경험하고 부딪혀 보며, 때로는 울고 웃는 과정 속에서 몸과 마음에 새겨지는 것이다.

나는 그런 아이들의 모습을 매일 가까이에서 지켜보며, 오히려 아이들에게서 많은 것을 배운다. 실패를 두려워하지 않고 용기 있게 시도하는 그 마음은 어른인 나에게도 언제나 신선한 감동을 준다. 아이들은 실패 앞에서 주저하지 않는다. 오히려 그 순간을 통과하면서 점점 더 단단해지고, 한 뼘 더 자라난다.

이런 순간마다 나는 항상 부모님들을 떠올린다. 아이가 넘어질 때 함께 마음을 보태 주고, 작은 도전을 응원해 주는 일. 그 응원과 믿음이야말로 아이에게 무엇보다 큰 힘이 되어 준다. 유치원에서 아이가 한 번 더 도전할 수 있는 원동력, 실패해도 다시 웃을 수 있는 자신감, 그 모든 것은 부모님의 따뜻한 시선과 격려에서 비롯된다.

작은 실패와 도전의 반복이 아이의 삶에 남기는 것은 단순한 성공의 경험만이 아니다. 그것은 결국 사람이 사람답게 살아가기 위해 꼭 필요한 힘의 시작이다. 어떻게 넘어졌는지, 그리고 어떻게 다시 일어섰는지, 그 모든 경험이 차곡차곡 쌓여 어느새 아이는 세상을 살아갈 준비를 해 나간다.

오늘도 교실 안에는 크고 작은 도전이 이어진다. 아이들의 맑은 눈동자에는 두려움과 기대, 그리고 설렘이 함께 깃들어 있다. 나는 그 속에서 조용하지만 단단하게 자라나는 성장의 힘을 본다. 유치원에서 배운 실패와 도전이야말로 아이가 앞으로 살아갈 세상에서 자신을 지탱해 줄 가장 든든한 밑거름이 된다. 실패를 겪고 다시 일어서는 아이들의 모습에서 나는 진짜 용기와 희망을 배운다. 그리고 그 용기가 또 다른 내일을 향한 한 걸음이 되어, 아이들을 더 넓고 멋진 세상으로 이끌어 줄 것이라 믿는다.

   우리 아이 유치원에 다녀요

"선생님, 저 혼자 했어요!" 아이들의 환한 웃음

유치원에서의 하루하루는 늘 새로움의 연속이다. 아이들은 아침이면 작은 손으로 옷을 정리하고 책가방을 챙긴다. 그 과정 속에는 언제나 약간의 긴장과 설렘이 함께 스며 있다. 어쩌면 어른들에게는 아무것도 아닌 듯 보이는 행동일지 모르지만, 아이들에게는 이 모든 일이 하나의 모험이다. 그렇게 아이들은 매일 조금씩 성장의 발자국을 남긴다.

처음에는 모든 것이 서툴다. 셔츠 단추를 제대로 맞추지 못해 한참을 헤매기도 하고, 가방 속 물건이 뒤섞여 울상이 되기도 한다. 놀이 시간에 내가 쓰고 싶은 도구가 남아 있지 않을 때 친구와 조심스럽게 나누어 쓰는 일도 아직은 어색하다. 하지만 이런 작은 도전들을 하나씩 마주할 때마다 아이들에게는 눈에 보이지 않는 변화가 일어난다. '내가 해냈다'는 뿌듯함과 조용한 성취감이 아이의 마음속에 차곡차곡 쌓여 간다.

그 순간들을 지켜볼 때마다 나는 감탄하게 된다. 스스로 문제를 해결하고 누군가에게 의지하기보다 자신의 힘으로 무언가를 해내려는 아이들의 모습은 생각보다 훨씬 크고 단단한 성장의 증거이기 때문이다. 작은 손으로 신발끈을 묶고, 잘못 입은 옷을 다시 바로잡는 모습 속에서 나는 아이들 마음 안에 조금씩 자라나는 자신감을 발견한다.

이 경험들이 반복될수록 아이들은 자연스럽게 도전의 즐거움과 책임감을 배워 간다. 누군가가 항상 도와주는 것이 아니라, 스스로 해냈다는 기억이 아이의 마음을 더욱 단단하게 만든다. 이런 작은 성공들이 차곡차곡 쌓이며 언젠가는 더 큰

   우리 아이 유치원에 다녀요

세상을 마주할 용기가 된다.

　가끔은 아이가 작은 일에 실패하거나 시간이 오래 걸리는 모습을 볼 때면 도와주고 싶은 마음이 앞선다. 하지만 그럴 때일수록 한 걸음 물러서서 아이가 스스로 해결할 수 있도록 기다려 주는 일이 더 중요하다는 것을 나는 깨닫는다. 그 과정 속에서 아이는 자신의 세계를 스스로 만들어 가고, 나 또한 그 성장을 곁에서 지켜보는 기쁨을 누린다.

　부모님께도 전하고 싶은 말이 있다. 집에서도 아이가 사소한 일이라도 스스로 해낼 수 있도록 조금만 더 기다려 주시고, 작은 성취라도 진심으로 칭찬해 주시면 좋겠다. 아이는 자신에게 세상을 탐험할 힘이 있다는 것을 느끼며 새로운 도전을 더욱 즐겁게 받아들이게 될 것이다.

　유치원에서 아이들이 배우는 것은 단순한 지식이나 기술만이 아니다. 스스로 해내는 기쁨이 쌓이며 아이의 마음에는 자립심과 자신감이 자라난다. 그것은 앞으로의 삶을 오래도록 지탱해 줄 소중한 밑거름이 된다. 나는 매일 그런 순간들을 함께하며 아이들과 함께 성장하는 또 하나의 기쁨을 느낀다.

배꼽 위에 손! 세상을 향한 첫 인사

유치원 교실 문이 열리고 아이들이 하나둘씩 들어설 때마다 나는 늘 같은 마음으로 그 모습을 바라본다. 아직은 작고 서툴지만 이곳에서 시작되는 삶의 첫 경험들이 얼마나 소중한지 알기에 내 시선은 아이들의 작은 행동 하나하나에 머문다. 그중에서도 내가 가장 눈여겨보는 순간이 있다. 바로 아이들이 친구에게 조심스레 다가가 "같이 놀자"라고 말하며 서로의 손을 내미는 그 짧은 순간이다.

처음으로 친구에게 말을 건네는 일은 어른에게는 쉽고 당연한 행동으로 느껴질지 몰라도, 아이들에게는 큰 용기가 필요한 일이다. 작은 몸짓, 살짝 떨리는 목소리, 머뭇거리는 발끝. 그 모든 모습 속에서 나는 아이들이 자기만의 세상에서 한 걸음 밖으로 나와 타인의 세계와 만나려는 용기를 본다. 낯선 친구에게 손을 내밀기까지의 망설임과 혹시 거절당하지 않을까 하는 불안, 그럼에도 다시 용기를 내어 다가가는 아이의 모습은 늘 잔잔한 감동을 준다.

"같이 놀자"라는 짧은 한마디 안에는 많은 배움이 담겨 있다. 아이들은 이 간단한 인사를 통해 상대를 인정하고 자신의 바람을 전하는 법을 배운다. 또한 상대의 반응을 살피며 상호작용의 기본을 익혀 간다. 처음에는 서툴고 어색하지만 인사가 오가고 눈빛이 마주치는 순간 아이들의 마음속에는 작은 변화가 시작된다. 점점 더 타인을 이해하려 하고 장난감을 나누거나 놀이를 양보하는 모습 속에서 배려와 존중의 싹이 자라난다.

놀이터 한쪽이나 교실의 작은 소꿉놀이 공간에서 아이들은 저마다의 이야기를 만들어 간다. 친구의 울음을 보고 걱정스러운 표정으로 다가가기도 하고, 아끼던 블록을 내어주며 함께 놀자고 손을 내밀기도 한다. 이런 장면을 볼 때마다 나는 아이들이 놀이를 통해 세상의 규칙을 조금씩 배워 가고 있음을 느낀다. 놀이 속에서 아이들은 자신의 감정을 이해하고 친구의 기분을 살피며 서로의 다름을 받아들이는 법을 익힌다. 때로는 다투고 삐치기도 하지만 다시 화해하며 협력하는 과정 또한 중요한 배움이 된다.

이처럼 유치원에서의 첫 인사는 단순한 "안녕"이라는 말 이상의 의미를 지닌다. 그것은 사회적 관계의 첫 단추를 끼우는 순간이며, 앞으로 이어질 인간관계의 밑그림을 그리는 시작점이기도 하다. 아이들은 친구를 통해 자신과 다른 존재를 이해하고 다양한 상황 속에서 문제를 해결하며 조금씩 자라난다. 이러한 경험들이 쌓이며 아이들은 세상을 바라보는 눈을 키워 간다.

무엇보다도 이런 배움의 과정에 부모님이 함께해 준다면 아이의 성장에는 큰 힘이 된다. 아이가 놀이터에서 낯선 친구에게 인사를 건넬 때, 혹은 함께 놀고 싶다는 용기를 낼 때 부모가 따뜻하게 격려하고 기다려 준다면 아이는 자기만의 속도로 더 넓은 세상과 소통하는 법을 익혀 갈 수 있다. 응원과 신뢰, 그 작은 힘이 아이에게는 더 큰 세상을 마주할 용기가 된다.

나는 매일 아침 교실 문을 열 때마다 아이들의 첫 인사를 기대하게 된다. 오늘은 어떤 아이가 먼저 친구에게 다가갈까, 어떤 새로운 우정이 시작될까 하는 설렘이 내 하루를 채운다. 유치원에서의 작은 인사와 나눔이 훗날 아이들이 살아갈 세상에 따뜻한 흔적으로 남기를 바란다. 그렇게 아이들은 오늘도 '함께'의 가치를 배우며 한 걸음씩 세상으로 나아간다.

배움의 첫걸음이 되는 놀이 시간

나는 아이들과 함께하는 시간 속에서 '배움이란 무엇인
가'를 자주 생각하곤 한다. 어른들 중에는 '배움'이라는 단어에
무거운 의미를 덧씌우는 경우가 많다. 책상 앞에 앉아 연필을
들고 글자나 숫자를 또박또박 써 내려가는 모습을 떠올리며,
그것이야말로 진정한 공부라고 여긴다. 하지만 오랜 시간 아
이들과 함께 지내며 나는 다른 진실을 발견하게 되었다. 아이
들에게 배움이란 놀이와도 같다. 그저 노는 것처럼 보이지만,
그 안에는 무한한 가능성과 호기심, 그리고 배움의 씨앗이 숨

어 있다.

　블록을 쌓는 아이를 바라볼 때마다 나는 미소를 짓게 된다. 작은 손으로 블록 하나하나의 균형을 조심스럽게 맞추며 쌓아 올리는 그 모습 속에는 수학적 사고의 출발점이 깃들어 있다. 무너질 듯 아슬아슬한 순간에도 아이의 표정에는 진지함과 호기심이 함께 떠오른다. '왜 쓰러졌지?', '어떻게 하면 더 높이 쌓을 수 있을까?' 이런 생각들이 아이의 머릿속을 스쳐 지나간다. 누군가 가르쳐주지 않아도 아이는 이미 놀이를 통해 문제를 발견하고, 스스로 답을 찾아가며 생각하는 힘을 키워 나간다.

　모래밭 역시 아이들에게는 끝없는 실험실이다. 작은 삽으로 모래를 파고 손가락으로 물길을 내며 흐르는 물을 바라볼 때, 아이의 눈빛은 세상 누구보다 진지하다. 물이 고이고 흐르고, 때로는 예기치 않게 새어나가는 그 모든 과정을 관찰하면서 아이는 자연스럽게 과학적 탐구심을 키워 간다. "왜 물이 이리로 가지?" "어디서 새는 거지?" 질문은 끝없이 이어지고, 그에 대한 답을 찾으려는 움직임이 곧 배움이 된다. 교사가 옆에서 정답을 알려주지 않아도 아이는 놀이 속에서 스스로 질문을 만들고 탐구하며 결국 자신만의 답을 찾아낸다.

아이들끼리의 역할놀이 역시 소중한 배움의 시간이다. 엄마 역할, 아빠 역할, 그리고 아이 역할을 정하며 서로의 입장을 바꿔 보는 순간 아이들은 사회적 규칙과 협력의 기초를 자연스럽게 익혀 간다. 누가 밥을 차릴지, 누가 출근을 할지 정하는 과정에서 때로는 다툼도 일어나지만, 그 속에서 서로 양보하는 법과 의견을 조율하는 법을 배운다. 어른의 개입 없이 아이들끼리의 세계에서 펼쳐지는 이 작은 사회 실험은 교과서로는 배울 수 없는 소중한 경험이다.

이렇듯 놀이 속에는 수많은 배움의 기회가 숨어 있다. 하지만 많은 부모님들은 때때로 놀이를 그저 시간을 보내는 일, 별다른 의미 없는 소일거리로 여기기도 한다. '글자를 빨리 익혀야 한다', '숫자를 미리 공부해야 한다'는 마음에 아이를 조급하게 몰아붙이기도 한다. 그러나 억지로 연필을 쥐어 주기보다 그림책을 함께 읽으며 떠오르는 장면을 그림으로 그려 보게 하는 일이 훨씬 자연스럽다. 아이가 상상하는 세계를 손

     우리 아이 유치원에 다녀요

끝에 담아내는 그 시간이야말로 글쓰기의 첫걸음이 된다. 머릿속에 떠오른 것을 그림으로 표현하고 그것을 이야기로 풀어내는 과정에서 아이는 스스로 배움의 즐거움을 발견한다.

수학 역시 마찬가지다. 칠판 앞에 앉혀 두고 반복해서 문제를 풀게 하기보다는, 주사위를 던지며 보드게임을 즐기는 과정에서 숫자의 규칙과 질서를 자연스럽게 익힐 수 있다. 게임을 하며 "누가 더 많이 나왔지?", "몇 칸을 움직여야 하지?" 고민하는 순간 아이의 머릿속에서는 수많은 연산과 논리가 이루어진다. 숫자는 아이에게 낯선 기호가 아니라 재미있는 놀이의 일부가 된다. 이렇게 몸으로 익히는 배움은 오래도록 기억 속에 남아 훗날 더 깊은 학습의 밑거름이 된다.

무엇보다 중요한 것은 아이의 이 배움의 과정을 어른이 조용히 지켜봐 주는 일이다. 너무 앞서서 "이렇게 해라, 저렇게 해야 한다"고 훈계하기보다 아이가 스스로 질문을 던지고 답을 찾아가도록 기다려 주는 인내가 필요하다. 아이에게 가장 큰 선물은 공부할 기회를 미리 준비해 주는 것이 아니라, 실컷 놀 수 있는 시간을 보장해 주는 것이다. 놀이는 공부의 반대

말이 아니라, 최초의 배움이다.

나는 아이들이 놀이터를 누비며 세상의 규칙을 익히고, 모래밭에서 자연의 원리를 배우며, 친구와의 다툼 속에서 협력과 양보를 익혀 가는 모습을 떠올린다. 그 모든 순간이 아이들에게는 세상을 배우고 삶을 살아갈 힘을 키우는 소중한 시간이 된다. 놀이를 통해 아이들은 배움의 즐거움을 발견하고 이 세상과 조금 더 가까워진다. 앞으로도 나는 아이들의 이 소중한 시간을 존중하며 그 곁에서 조용히 지켜보는 어른이 되고 싶다.

계절이 지나면 아이들의 눈빛도 깊어진다

유치원 마당을 거닐다 보면 내 마음은 어느새 아이들의 눈높이로 내려앉는다. 아침 햇살이 천천히 마당을 물들일 즈음, 아이들은 이미 여기저기서 무언가를 발견한 듯 소리친다. 그때마다 나는 다시금 깨닫는다. 계절이 바뀔 때마다 아이들의 마음에도 작은 변화의 파문이 일어난다는 사실을.

봄이 오면 마당 한켠의 작은 텃밭에 새싹이 모습을 드러낸다. "선생님, 어제는 없었는데 오늘은 있어요!" 아이가 반짝이는 눈으로 속삭이듯 말할 때면 그 놀라움과 호기심이 고스란히 전해진다. 작은 새싹 하나가 아이들에게는 생명의 시작이자 세상이 조금씩 달라지고 있다는 증거가 된다. 아이들은 손끝으로 부드러운 잎을 살짝 만지며 자신의 발견에 뿌듯해한다. 그 순간 느릿느릿 변화하는 자연의 숨결 속에서 아이들의 마음도 조용히 성장하고 있음을 느끼게 된다.

여름이 오면 뜨거운 햇볕 아래에서 아이들은 마음껏 뛰논다. 땀방울이 맺힌 이마, 후끈한 열기에 잠시 지쳐 그늘을 찾아 앉기도 한다. 처음에는 더위가 힘들다며 인상을 찌푸리던 아이들도 어느새 시원한 나무 그늘 아래에서 웃음을 터뜨린다. 빗방울이 떨어지면 아이들은 손을 내밀어 물방울을 받아본다. 비 냄새와 촉촉한 흙 내음, 그리고 우산 아래에서 함께 느끼는 자연의 리듬. 아이들은 몸으로 계절의 의미를 차근차근 배워 간다. 그 모든 순간이 쌓여 아이들의 기억 속에는 여름의 환희와 불편함이 함께 남는다.

가을이 되면 마당은 형형색색의 낙엽으로 가득해진다. 아이들은 손에 낙엽을 주워 모아 색깔을 비교하고, 하늘을 올

  우리 아이 유치원에 다녀요

려다보며 나뭇가지 사이로 비치는 햇살을 바라본다. 빨갛고 노란 잎, 바삭바삭한 소리. 아이들은 가을의 변화 속에서 기다림의 가치를 느낀다. 나무에 달린 과일이 익어 가는 모습을 지켜보며 "언제 먹을 수 있어요?" 하고 재촉하기도 하지만, 시간이 지나야 열매를 맺는다는 사실을 천천히 배워 간다. 자연은 한순간도 서두르지 않지만 결국 열매를 맺는다는 사실을 아이들은 낙엽과 과일을 통해 조금씩 알아 간다.

겨울이 오면 마당은 온통 하얗게 변한다. 아이들은 두 손을 모아 눈을 받아 보고 서로에게 눈송이를 보여 주며 웃는다. 손끝이 시릴 만큼 차가운 공기 속에서도 묘한 따스함이 느껴진다. 하얀 눈 위에 발자국을 남길 때마다 아이들은 세상이 잠시 멈춘 듯한 고요함을 경험한다. 앙상한 나뭇가지를 올려다보며 아이들은 자연스레 멈춤과 휴식의 시간을 받아들인다. 봄을 준비하는 자연의 지혜를 아이들은 말없이 몸으로 배운다.

이렇듯 자연과 계절은 책으로만 배울 수 없는 깊은 깨달음을 아이들에게 선물한다. 나는 늘 부모님들에게 이렇게 말하곤 한다. "아이와 함께 계절의 변화를 눈여겨보세요. 꽃 한

송이, 낙엽 한 장, 눈송이 하나에도 삶을 바라보는 지혜가 담겨 있습니다." 아이는 자연을 통해 기다림을 배우고 때로는 실망도 경험하지만, 다시 피어날 새싹을 기다리며 살아가는 힘을 키운다.

자연은 아이들에게 가장 훌륭한 교실이고 계절은 가장 친절한 스승이다. 마당을 거닐며 아이들이 마주하는 모든 순간이 결국 그들의 성장과 삶의 밑거름이 된다. 아이들과 함께 계절을 살아가는 날들은 나에게도 잊지 못할 배움의 시간이다.

 우리 아이 유치원에 다녀요

계절을 따라 흐르는 교실 이야기

3월, 낯선 교실이 우리 아이들의 공간이 되기까지

3월이 되면 어김없이 교실 앞에서 아이의 손을 꼭 잡고 서 있게 된다. 아직은 차가운 공기 속에서 햇살은 조금씩 따뜻해지지만, 마음 한편에는 낯설고 설레는 감정이 교차한다. 아이만큼이나 나 역시 이 시간 앞에 서면 조금은 긴장하게 된다. 아이가 처음 만나는 교실, 새로운 선생님과 친구들, 정돈된 실내화 장과 낯설지만 반짝이는 교실의 풍경이 내 마음에도 고스란히 스며든다.

아침마다 유치원 문 앞에서 아이와 인사하는 순간이면 짧고 단호한 작별 인사를 반복한다. 아직은 엄마 곁을 떠나기 망설여하며 조그마한 손이 내 옷자락을 잡기도 한다. 하지만 그럴수록 눈을 맞추고 "오늘도 즐겁게 놀다 오렴" 하고 짧게 인사한다. 길고 애틋한 작별은 오히려 아이 마음의 불안을 오래 남긴다는 것을 조금씩 배워 가고 있다. 아이가 울음을 터뜨릴 때마다 내 마음 한편도 속상하고 흔들리지만, 곧 교실 안에서 아이는 스스로 적응의 힘을 키워 가리라 믿는다.

처음 며칠은 아이가 교실에 들어가서도 한참 동안 서성였다고 한다. 자기 자리에 가방을 놓고 주변을 두리번거리며 친구들을 멀찌감치 지켜보곤 했다고. 하지만 시간이 흐르면서 아이는 점점 아이들 이름을 부르고, 수줍게 먼저 인사를 건넨다. 교실 안에서 아이가 보내는 이 작은 변화 하나하나가 내게는 너무나 큰 성장처럼 느껴진다. 울음을 참아 낸 하루, 친구와 눈을 마주치고 인사를 건넨 순간, 선생님에게 손을 들어 질문을 한 용기. 그런 사소한 시도와 도전을 마주할 때마다 집에 돌아온 아이를 있는 힘껏 칭찬해 준다.

유치원 생활이라고 하면 예전의 나처럼 아이가 책상에 앉아 문제를 풀거나 알파벳을 배울 것이라 생각했었다. 하지만 교사와 대화하며 깨달았다. 유치원에서의 시간은 놀이 그 자체라는 사실을. 아이는 책상에 오래 앉아 있지 않는다. 친구들과 함께 그림책을 읽으며 이야기를 이어 가고, 계절의 변화를 느끼며 자연을 관찰한다. 질문이 끊이지 않는 그 작은 교실 안에서 아이들은 언어를 확장하고 과학적 호기심을 키운다. 모든 배움이 놀이처럼 흘러간다. 아이가 집에 오면 오늘 어떤 놀이를 했는지, 무엇이 가장 재미있었는지 자연스럽게 물어본다. "오늘 뭐 배웠어?"라는 질문 대신 "오늘은 어떤 게 가장 신났어?"라고 묻는 것이 아이의 마음을 더 쉽게 열 수 있다는 사실을 알게 되었다.

아이의 하루를 보고 듣는 일은 생각보다 훨씬 중요했다. 아이가 천천히 말을 꺼낼 때까지 기다린다. 재미있었던 순간부터 속상했던 일, 친구와의 다툼, 햇살이 예뻤던 운동장 이야기까지. 아이의 작은 이야기에 귀 기울여 주면 그 순간 아이는 배움의 즐거움을 다시 떠올린다. 부모의 관심은 아이에게 커다란 힘이 된다. 아이가 경험한 것을 존중해 주고 집에서도 따

　　　　　　　　　우리 아이 유치원에 다녀요

뜻하게 이어 주는 것, 그것이 내가 해 줄 수 있는 가장 큰 격려임을 느낀다.

처음 겪는 낯선 상황이기에 아이에게는 당연히 적응의 시간이 필요하다. 아이마다 그 시기는 모두 다르다. 어떤 날은 눈물이 많고, 어떤 날은 씩씩하게 뛰어간다. 그런 변화 앞에서 나도 불안할 때가 있지만, 교사와 충분히 소통하며 아이가 교실에서 어떻게 시간을 보내는지, 어떤 친구와 어울리는지 자주 물어본다. 교사와의 대화는 나 또한 안심할 수 있게 해 준다.

집에서도 아이가 안정감을 느끼도록 돕는 방법은 특별한 것이 아니다. 아이가 유치원에서 겪은 일을 묻고 스스로 말할 수 있도록 기다려 주는 것, 놀이를 하며 함께 웃고 책을 읽으며 아이의 작은 시도 하나하나를 진심으로 격려하는 것뿐이다. 때로 아이가 실수하거나 좌절했을 때도 "괜찮아, 엄마도 예전에는 그랬어" 하고 감정을 읽어 주며 안아 준다. 아이는 그 속에서 자신이 충분히 사랑받고 있음을 느끼고, 다시 새로운 시도를 해 볼 용기를 얻는다.

3월, 아이의 작은 발걸음이 교실에 닿을 때마다 나 역시 마음 한켠의 두려움과 설렘을 아이와 함께 나눈다. 아이와 내가 함께 적응하고 함께 성장해 간다. 교실에서의 하루하루는 단순한 시간이 아니라 아이가 세상과 처음으로 마주하는 소중한 무대임을 깨닫는다. 그 작은 순간들을 따뜻하게 이어 주는 것, 그것이 바로 부모로서 내가 할 수 있는, 그리고 해 주고 싶은 가장 큰 사랑이다.

우리 아이 유치원에 다녀요

4월, 장난감 하나에도 온 마음을 다하는 아이들

아이들은 교실 생활에 조금씩 익숙해지며 놀이를 통해 배움의 기초를 차곡차곡 쌓아 간다. 이 시기의 아이들은 그 어느 때보다 호기심이 자라나고 또래와의 관계도 점차 확장된다. 처음에는 서먹하던 교실 풍경이 점점 익숙해지고, 각자의 방식으로 친구들과 어울리며 하루하루 새로운 경험을 쌓아 가는 모습을 바라보면 아이들이 놀이를 통해 얼마나 많은 것을 배우고 있는지 새삼 느끼게 된다.

자유놀이 시간, 아이들은 놀라울 만큼 다양한 모습으로
자신을 드러낸다. 어떤 아이는 자연스럽게 리더가 되어 놀이
의 규칙을 정하고 친구들에게 역할을 나누어 주며 놀이를 이
끌어 간다. 또 어떤 아이는 조용히 주변을 관찰하다가 꼭 필요
한 순간에 기발한 아이디어를 보태기도 한다. 혹은 장난기 가
득한 표정으로 친구들을 웃기거나, 때로는 자기만의 놀이에
몰두하기도 한다. 아이들은 놀이 속에서 자신의 성격과 기질
을 고스란히 드러낸다.

이럴 때면 나 역시 교사로서 한걸음 물러서 아이들의 놀
이를 지켜보게 된다. 중요한 것은 어떤 역할이 더 우월하다거
나 어떤 방식이 부족하다고 단정 짓는 일이 아니다. 아이가 자
기만의 방식으로 놀이에 참여하고 있다는 사실 그 자체가 중
요하다. 각자의 속도와 방식으로 친구들과 어울리고 때로는
혼자만의 시간을 가지면서 아이들은 자연스럽게 또래와의 다
양한 관계 맺음을 배워 간다.

부모님들께서 자주 물어보는 질문 중 하나는 "우리 아이
가 놀이 속에서 주로 어떤 역할을 하나요?", "친구들과는 어떻

게 어울리나요?" 하는 것이다. 실제로 아이들마다 관계를 맺는 방식은 매우 다양하다. 먼저 다가가 친구를 사귀는 아이도 있고, 가까운 한두 명과 깊은 관계를 맺는 아이도 있다. 심지어 혼자 노는 시간이 많더라도 그것이 곧 사회성이 부족하다는 뜻은 결코 아니다. 혼자만의 놀이를 통해서도 아이는 스스로를 돌아보고 자신만의 방법으로 세상을 배워 간다. 결국 아이는 자신의 속도에 맞게 또래와의 관계를 조심스레 넓혀 가며, 그 과정 자체가 성장의 소중한 한 부분이 된다.

놀이 속에서 자연스럽게 규칙을 익히는 모습도 자주 볼 수 있다. 보드게임을 하거나 단순한 소꿉놀이를 하면서 아이들은 규칙을 만들고 때로는 어기기도 하며, 그 과정에서 다투기도 하고 화해하기도 한다. 이러한 경험은 단순한 즐거움을 넘어 사회적 규범과 타인과의 협력, 갈등 해결 방법까지 배울 수 있는 소중한 시간이 된다.

가정에서는 어떻게 하면 아이의 탐구심을 길러 줄 수 있을까? 특별한 교구나 거창한 준비가 없어도 된다. 일상의 작은 순간들 속에서 아이와 함께 질문을 나누는 것만으로도 충분하다. 산책을 하다가 길가에 피어 있는 꽃을 보며 "왜 오늘은 활짝 폈을까?" 하고 물어보거나, 요리를 하면서 재료가 변하는 모습을 함께 이야기해 보자. 때로 아이가 던지는 엉뚱한 질문에 정답을 알려주기보다 "너는 어떻게 생각해?" 하고 되묻는 것도 탐구심을 키우는 좋은 방법이 된다.

아이들은 부모의 눈빛과 대화 속에서 탐구의 즐거움을 배운다. 부모가 할 수 있는 가장 큰 도움은 정답을 제시하는 것이 아니다. 오히려 아이가 던지는 작은 질문을 존중하고 함께 궁금해하며 탐색해 주는 것, 바로 그것이 아이의 배움과 성장을 돕는 최고의 방법임을 늘 마음에 새긴다.

나 역시 하루하루 아이들과의 만남 속에서 그들의 작은 변화와 성장을 가까이서 지켜보며 더 깊은 감동과 책임감을 느낀다. 놀이 속에서 피어나는 호기심, 스스로 규칙을 만들어 가는 자유로움, 그리고 또래와의 다양한 관계 맺음이 결국 아이를 더욱 빛나게 한다. 이 모든 순간들이 모여 아이의 내일을 만들어 가는 기초가 된다는 사실을 오늘도 다시 한 번 느껴 본다.

  우리 아이 유치원에 다녀요

5월, 우정과 배려 속에서 함께 자라는 시간

가정의 달 5월이 되면, 나는 매년 가족과 아이, 그리고 또래 친구들 사이에서 아이가 어떻게 자라고 있는지를 다시 한번 깊이 돌아보게 된다. 이 특별한 달에는 부모와 아이 사이의 애착을 다시 확인하고, 동시에 또래와의 우정이 조금씩 깊어져 가는 모습도 함께 볼 수 있다. 그래서인지 5월은 나에게 언제나 가족과 친구, 그리고 아이가 만들어 가는 성장의 풍경이 한 폭의 그림처럼 다가오는 시간이다. 아이가 겪는 갈등과 화해, 그리고 그 사이에서 배우는 배려의 순간들이 더욱 소중하게 느껴진다.

나는 이달이 되면 가족사진을 꺼내 아이와 함께 이야기를 나누곤 한다. 사진 속에는 웃고 있는 우리 가족의 모습, 여행지에서 깔깔거리던 추억, 그리고 평범한 일상 속의 소소한 행복이 담겨 있다. 아이에게 이 사진은 따뜻한 울타리이자, 자신이 사랑받고 있다는 증거처럼 느껴질 것이다. 아이의 어린 시절을 함께 돌아보며, 나는 아이가 앞으로 겪게 될 수많은 관계 속에서도 이 따스함을 기억하길 바란다.

또래 친구들과의 관계는 아이에게 조금 더 복잡하고 미묘하다. 어느 날은 친구와 다투고 속상한 얼굴로 돌아오기도 하고, 또 어떤 날은 친구와 나눈 작은 배려와 기쁨에 한껏 들떠 있기도 하다. 이럴 때면 나는 아이의 이야기를 조심스럽게 들어주려고 노력한다. 친구와 다툰 경험을 들려줄 때 나는 결코 아이를 평가하지 않는다. 누가 더 잘했고 누가 더 잘못했는지를 따지기보다, 아이가 그 상황에서 어떤 감정을 느꼈는지, 무엇이 속상했는지, 그리고 어떻게 행동했는지를 함께 이야기한다. 그저 들어주고, 아이가 스스로 감정을 정리해 나갈 수 있도

　　　　　　　　　　우리 아이 유치원에 다녀요

록 기다려 주는 것이 중요하다고 느낀다.

작은 배려를 실천한 아이의 행동에는 아낌없는 칭찬을 보낸다. 친구에게 지우개를 빌려주었다거나, 먼저 다가가 사과를 건넨 일, 혹은 울고 있는 친구의 손을 조용히 잡아주었다는 이야기를 들으면 마음 한켠이 찡해온다. 이런 순간들이 쌓이면서 아이의 마음도 점점 더 넓고 깊어지는 것 같다. 배려는 결코 말로만 가르칠 수 있는 것이 아니라, 직접 경험하고 체험하며 익혀 가는 삶의 지혜임을 나는 매번 느낀다.

아이를 키우면서 나는 종종 선생님께 우리 아이가 갈등 상황에서 어떻게 반응하는지, 또 친구 관계에서 어떤 강점과 어려움을 가지고 있는지 묻는다. 교실 안에서 아이가 배려를 배우는 순간을 어떻게 도와줄 수 있을지 궁금하기도 하다. 그러면 선생님은 아이가 또래와 어울리며 자연스럽게 갈등을 경험한다고 말해준다. 어떤 아이는 서운함을 울음으로 표현하고, 또 어떤 아이는 화를 내거나 조용히 물러서기도 한다고 한다. 그럴 때마다 나는 중요한 것은 갈등의 모양이 아니라, 바로 그 과정을 통해 아이가 자신의 감정을 조절하는 힘을 배우고 있다는 점임을 잊지 않으려 한다. 울음도, 침묵도 모두 성장의 한 단계임을 스스로 자주 되새긴다.

친구 관계에서 아이가 느끼는 감정과 어려움은 아이마다 모두 다르다. 어떤 아이는 밝은 성격으로 친구를 쉽게 사귀고, 또 어떤 아이는 섬세한 배려로 깊은 우정을 맺는다. 아이의 성향에 따라 적극적인 아이는 다툼이 잦아 보일 수도 있고, 조용한 아이는 소극적으로 보일 수도 있다. 하지만 나는 아이마다 저마다의 다른 강점이 있음을 믿는다. 강점과 어려움은 언제나 동전의 양면처럼 서로를 감싸고 있다는 것도 안다.

교실에서 아이가 배려를 배우는 순간을 돕는 일 역시 가르침보다 경험이 더 중요하다고 생각한다. 친구의 마음을 헤아려 보는 작고 사소한 행동들, 때로는 서툴고 어색할지라도 아이가 직접 부딪히고 느끼고 실수하며 자라나는 그 모든 시간이 소중하다. 나는 아이 곁에서 그 경험들이 온전히 아이의 것이 되기를 바라며 지켜본다.

   우리 아이 유치원에 다녀요

5월의 싱그러운 공기 속에서 나는 아이와 함께 가족 이야기를 나누고, 친구와의 갈등과 배려의 경험을 들으며 아이가 한 뼘 더 자라나고 있음을 느낀다. 그렇게 아이와 함께 성장하는 나날이 내게는 무엇보다 값진 시간이다.

6월, 작은 책임감이 조금씩 자라나는 교실

6월이 되면 교실 안팎의 공기가 조금씩 달라지는 것을 느낀다. 환한 햇살과 싱그러운 바람, 그리고 아이들의 조금 더 커진 목소리와 행동 속에서 '성장'이라는 단어가 자연스럽게 떠오른다. 한 학기의 절반을 지나가는 이 시기는 아이들에게도, 나에게도 돌아봄과 다짐의 시간이 된다.

아이들은 지난 몇 달 동안 교실에서 다양한 규칙과 약속을 배워 왔다. 때로는 새로운 규칙에 적응하느라 어색해하기

　　　　우리 아이 유치원에 다녀요

도 하고, 때로는 실수도 한다. 하지만 나는 그 실수조차도 소중하게 바라본다. 아이가 장난감을 사용한 뒤 제자리에 잘 두었을 때, 또는 친구와 놀이를 하며 차례를 기다릴 때, 작은 행동 하나하나에서 자율과 책임의 씨앗이 자라고 있음을 느낀다. 누군가는 이런 모습을 그저 당연하게 여길지도 모른다. 그러나 나는 그 '작음' 속에 커다란 의미가 있음을 안다. 서툰 손길로 장난감을 정돈하는 모습, 마음은 급해도 차분히 자신의 차례를 기다리는 모습, 이 모든 과정이 아이의 성장에 깊은 뿌리를 내리는 순간들이기 때문이다.

실수는 여전히 많다. 규칙을 깜빡 잊고 장난감을 아무 데나 두거나, 친구보다 먼저 하려고 서두르기도 한다. 그럴 때면 나 역시 마음이 조급해질 때가 있다. 하지만 곧 스스로에게 되묻는다. '이 아이는 지금 배우는 중이잖아.' 아이들에게 가장 필요한 것은 꾸지람보다는 이해와 기다림이라는 것을 나는 경험으로 알게 되었다. 규칙을 지키지 못했을 때는 감정을 섞기보다 상황을 다시 설명하고, 아이가 스스로 이유를 발견할 수 있도록 천천히 기다려 준다. 그러면 아이는 나의 말보다 나의 인내와 신뢰를 더 깊이 받아들인다.

부모님들께도 종종 이렇게 이야기한다. "규칙을 잘 지킨 모습을 발견하면 그 순간을 놓치지 마세요. '네가 장난감을 제자리에 두었구나, 참 고마워'라는 한마디 칭찬이 아이에게는 큰 힘이 됩니다." 행동에 대한 구체적인 칭찬을 들은 아이의 얼굴은 금세 환하게 밝아진다. 자신이 한 일이 가치 있다는 것을 알게 되고, 그 경험은 자율과 책임감의 작은 불씨가 되어 자라난다.

또 하나, 가정에서도 아이에게 작은 책임을 맡겨 보는 것이 무척 중요하다. 식탁을 정리하거나 동생을 도와주거나 어른의 일손을 돕는 사소한 일들 속에서 아이는 '내가 할 수 있다'는 자부심을 조금씩 쌓아 간다. 그 자부심은 교실에서 친구와 협력하고 서로를 배려하는 마음으로 자연스럽게 이어진다. 나는 이런 경험들이 교과서 밖에서 배우는 진정한 성장이라고 믿는다.

완벽하지 않아도 괜찮다. 모두가 실수하며 배우고, 어제보다 오늘, 오늘보다 내일 더 나아지기 위해 노력한다는 그 의지가 중요하다. 6월은 아이가 자기 안의 질서와 책임감을 조금

　　　　　　　　　　우리 아이 유치원에 다녀요

씩 발견해 가는 시기다. 부모님과 교사가 믿고 응원해 준다면 아이는 그 믿음을 힘으로 삼아 어느새 더 단단한 모습으로 성장해 간다. 어른들의 따뜻한 신뢰, 그것이야말로 아이의 자율을 키우는 가장 큰 힘임을 나는 아이들과의 하루하루 속에서 다시금 깨닫는다.

7월, 여름 속에서 배우고 뛰노는 아이들

7월이 오면 교실과 운동장, 그리고 야외의 모든 공간이 아이들의 에너지로 가득 찬다. 한여름의 뜨거운 햇살 아래에서 아이들은 계절을 온몸으로 경험하며 배운다. 이맘때가 되면 나는 매일 아침 아이들이 얼마나 힘차게 하루를 시작하는지 새삼 느끼게 된다. 등굣길에 얼굴에 맺힌 작은 땀방울, 수업이 시작되기 전부터 뛰어노는 아이들의 밝은 웃음 속에 이미 여름이 번져 있다.

 우리 아이 유치원에 다녀요

부모님들은 7월이 시작되면 늘 걱정이 많아진다.

"아이의 활동성이 강한데 교실에서는 어떻게 조율해 주나요?"

"무더운 날씨에도 집중할 수 있는 활동이 있나요?"

"혹시 건강이나 체력 면에서 보완해야 할 점은 없나요?"

이런 질문들을 자주 받게 된다. 나 역시 교사로서 아이들이 여름의 뜨거운 계절 속에서도 안전하고 건강하게 성장하길 바라는 마음이 크다.

7월은 물놀이와 야외 활동이 많아지는 시기다. 그래서 무엇보다 중요한 것은 아이들의 건강과 안전이다. 부모님들께서는 아이들이 시원한 물을 충분히 마실 수 있도록 챙기고, 햇볕이 강할 때는 외부 활동을 줄이도록 당부한다. 수영장이나 바닷가에서는 항상 아이 곁에서 지켜봐야 한다는 점도 강조한다. 때로는 아이들의 자유로운 움직임을 제약하는 것 같아 미안한 마음이 들기도 하지만, 안전이 최우선이라는 사실을 다시 한 번 다짐하게 된다.

아이들은 여름을 통해 몸으로 계절을 배운다. 땀을 흘리며 뛰어놀고, 물놀이 속에서 새로운 즐거움을 만끽한다. 그러면서 자연스럽게 스스로 몸을 지키는 지혜도 익힌다. 나는 아이들이 때로는 실수하고 작은 부상을 경험하면서도 점점 더 자신을 돌보는 법을 배워 간다고 믿는다. 그 과정에서 나는 뒤에서 지켜봐 주는 조력자가 되고 싶다.

교실에서도 아이들의 에너지가 넘치다 보면 활동을 조율하는 일이 필요해진다. 무더운 날씨에도 아이들이 집중력을 잃지 않도록 나만의 작은 방법들을 찾아 적용한다. 예를 들어 짧은 시간마다 신체 활동과 정적인 활동을 번갈아 배치하고, 실내에서도 몸을 움직일 수 있는 간단한 게임을 곁들인다. 아이들은 생각보다 적응력이 뛰어나 새로운 환경과 변화에 금세 익숙해진다. 그렇게 아이들과 함께 호흡을 맞추며 나는 매일 또 다른 배움을 얻는다.

여름은 아이들에게 단순한 계절이 아니라 몸으로 부딪치며 배우는 커다란 교실이다. 이 시기에 아이들은 자연을, 그리고 자신의 몸을 더 깊이 이해하게 된다. 아이들이 물놀이를 하

 우리 아이 유치원에 다녀요

다 보면 차가운 물의 시원함과 함께 조심해야 할 것들도 스스로 느끼게 된다. 땀을 흘리며 놀다가도 물을 마시며 자신의 건강을 챙기는 법을 배운다.

나는 늘 부모님들께 이런 마음을 전하고 싶다. 여름의 울타리가 되어 아이들을 안전하게 지켜 주는 든든한 존재가 되어 달라고. 아이들이 여름의 뜨거움과 자유로움 속에서도 사랑과 관심이라는 그늘 안에서 건강하게 자라나기를 바란다. 7월, 아이들이 계절을 온몸으로 배우는 이 시간은 어른인 우리에게도 함께 성장하는 소중한 시간이 된다.

8월, 잠시 쉬어가며 다시 힘을 모으는 시간

8월은 내게 여름방학과 함께 찾아오는 쉼의 달이다. 아이들이 한 학기 동안 쌓인 긴장을 내려놓고 가족과 함께 보내는 이 시간은 단순한 휴식 이상의 의미를 지닌다. 그저 잠시 숨을 고르는 시간이 아니라, 아이와 부모 모두가 서로의 온기를 확인하고 관계를 돌아보며 지친 마음을 회복하는 귀한 시간이다.

학기 중에는 아침마다 반복되는 등교 준비와 짧은 아침 식사, 빽빽하게 짜인 하루 일과 속에서 아이도 나도 알게 모르

 우리 아이 유치원에 다녀요

게 긴장을 품고 살아간다. 그래서 방학이 되면 나 역시 어느새 마음이 풀어진다. 늦잠을 자고 싶고, 아이에게도 좀 더 느슨한 하루를 허락하고 싶어진다. 그러나 바로 그때 방학이라는 이름 아래 우리 생활의 리듬이 무너지기 쉽다는 사실을 다시 떠올리게 된다.

늦은 기상과 늘어지는 생활, 그리고 무분별하게 늘어나는 TV와 스마트폰 사용 시간은 방학이 끝난 뒤 또 다른 어려움으로 되돌아온다. 규칙적이었던 일상이 흐트러지면 2학기의 시작을 맞이할 때 아이가 몸도 마음도 적응에 힘겨워하는 모습을 종종 보게 된다.

그래서 나는 방학이 시작되기 전 가족 모두가 지킬 수 있는 작은 약속을 만든다. 일정한 취침 시간과 기상 시간을 정하고 하루 세 끼 식사도 가급적 시간을 맞춘다. 균형 잡힌 식사를 준비하며 해가 높이 떠 있을 때는 밖으로 나가 햇빛을 쐬려고 노력한다.

때로는 동네 공원을 산책하며 나무와 꽃의 변화를 관찰하기도 한다. 아이 손을 잡고 햇살이 스며드는 길을 걷다 보면 그저 스쳐 지나쳤던 작은 꽃망울에도 눈길이 머문다. 어느새 아이와 나는 자연스럽게 대화를 나누며 오늘 본 나무와 어제 본 나무가 어떻게 달라졌는지 이야기한다. 그런 순간마다 나는 아이가 삶을 배운다는 것이 꼭 책상 앞에서만 이루어지는 일이 아니라는 사실을 깊이 느낀다.

방학 동안 특별한 여행을 떠나지 않아도 좋다. 집에서 함께 요리를 하거나 정원을 가꾸기도 한다. 아이가 반죽을 만지고 채소를 씻는 모습을 보고 있으면 소박하지만 분명한 성취감이 아이의 얼굴에 번진다. 그 순간이 바로 배움의 시간임을 실감한다. 짧은 대화, 소소한 장난, 함께 웃고 떠드는 그 모든 시간이 아이에게는 무엇보다 큰 힘이 된다는 사실을 부모가 놓치지 않았으면 한다.

나는 방학이 '학습의 공백기'가 아니라 삶을 배우는 또 다른 기회라고 믿는다. 오히려 이 시기에는 학습보다 놀이와 경험을 더 중요하게 여겨야 한다고 생각한다. 아이가 충분히 쉬

우리 아이 유치원에 다녀요

고 놀며 다양한 경험을 쌓을 때 다시 도전할 힘을 얻는다. 쉼은 멈춤이 아니다. 쉼은 더 큰 성장을 위한 준비 과정임을 나는 경험을 통해 확신한다.

8월, 이 한 달은 아이만큼이나 나와 우리 가족 모두에게 필요한 시간이다. 규칙적인 생활 리듬을 지키면서도 서로를 향한 온기와 관심으로 하루하루를 채워 나가고 싶다. 그렇게 우리 가족은 8월의 쉼을 통해 다시 한 번 단단해지며 새로운 학기를 맞이할 힘을 키워 간다.

9월·10월, 높아진 하늘만큼 부쩍 자란 아이들

가을은 내게 언제나 특별한 색으로 다가온다. 유난히 짙고 깊게 스며드는 계절의 변화 속에서 아이들의 눈동자도 한층 더 빛난다. 바람이 불 때마다 흩날리는 낙엽, 길가에 뒹구는 밤송이, 그리고 논밭의 황금빛 곡식들은 어른인 나조차 잠시 멈춰 서서 바라보게 만든다. 하지만 이 모든 풍경이 아이들에게는 훨씬 더 신비롭고 흥미로운 배움의 재료가 된다는 사실을, 나는 아이를 키우며 비로소 체감했다.

어느 가을날, 아이와 손을 잡고 동네 산책길을 걸었다. 바닥에 쌓인 노란 은행잎과 붉은 단풍잎이 발끝에 밟혀 바스락 소리를 낼 때마다 아이는 자꾸만 걸음을 멈추었다. 그러더니 "이 잎은 왜 이렇게 노랗지?" 하고 물어왔다. 나는 잠시 한 박자 쉬며 그 질문을 아이와 함께 바라본다. "왜 그런 걸까? 엄마(아빠)도 궁금하네. 우리 같이 생각해볼까?" 질문에 곧장 정답을 알려주기보다, 나 역시 아이와 같은 궁금증을 가져 보는 것이다. 아이들도 실제로 내 대답보다는 표정과 태도, 그리고 곁에 머무는 마음을 읽는 듯했다.

아이에게 정답이 중요한 순간도 언젠가는 오겠지만, 나는 이 시기에는 질문하는 힘, 그리고 함께 탐구하는 경험이 더 소중하다는 것을 배웠다. "이 씨앗은 어디로 갈까?" 아이의 입에서 튀어나오는 순수한 호기심은 마치 마법의 문처럼 나를 새로운 상상의 세계로 데려가곤 한다. 어른이 되어서는 익숙함 속에 묻혀 지나치던 것들도 아이와 함께하면 새롭게 느껴진다. 아이가 던지는 질문을 존중하고, 함께 머리를 맞대어 답을 찾아가는 시간. 그 과정에서 아이는 자연의 변화를 통해 생각하는 힘을 키워가고, 나는 또 다른 시선으로 세상을 바라보게 된다.

특히 10월이 되면 유치원에서는 프로젝트 활동이나 주제 중심의 탐구가 본격적으로 이루어진다. 아이가 집에 와서 "오늘은 곤충에 대해 공부했어. 나비는 어릴 때 애벌레래!" 하고 들뜬 목소리로 말할 때가 있다. 그럴 때 나는 조급하게 '얼마나 잘했는지', '무엇을 배웠는지'를 묻기보다, 아이가 몰입하여 질문하고 알아가는 과정을 차분히 경청하려 한다. 가끔은 그림 한 장을 끝까지 완성하지 못하고 돌아올 때도 있다. 예전 같으면 "왜 다 못했니?"라고 물었을지도 모른다. 그러나 지금은 "끝까지 궁금한 걸 찾아보려는 네 노력이 참 멋지다"라고 말하려고 노력한다.

아이의 성취감은 결과에만 있는 것이 아니다. 집중해 탐구하는 그 순간, 작은 눈동자가 반짝이는 모습을 볼 때마다 나는 아이가 자기만의 속도로 성장하고 있다는 것을 느낀다. 10월의 교실에서는 친구들과 머리를 맞대기도 하고, 때로는 혼자 깊이 파고들기도 하며 그런 시간들이 차곡차곡 쌓여간다. 아이는 스스로 선택하고 시도하며, 실패하고 다시 도전하는

 우리 아이 유치원에 다녀요

과정을 통해 자신감을 키워 간다. 그리고 나는 그 길목마다 곁에서 지켜보는 응원자가 된다.

10월은 배움의 불씨가 살아나는 계절이다. 나의 작은 격려 한마디가 아이에게는 오래도록 기억될 따뜻한 힘이 될 것이라 믿는다. 어떤 결과보다 그 과정에서 보여 준 호기심과 탐구심, 그리고 포기하지 않는 태도를 칭찬하는 것. 이 가을, 나는 아이와 함께 또 한 번 성장한다.

11월, 아이의 성장을 가장 가까이서 느끼는 계절

11월이 되면 늘 마음이 차분해진다. 늦가을의 고요한 기운 속에서 유치원 마당에 뒹구는 낙엽을 바라보고 있으면, 한 해의 시간이 어느새 이렇게 흘렀구나 하는 생각이 든다. 나만 그런 것이 아니라 아이들도 마찬가지일 것이다. 해가 짧아지고 바람 끝이 차가워질수록 아이들은 점점 유치원 생활에 익숙해지며 자신만의 작은 세계를 만들어 간다.

이맘때쯤이면 아이들은 자신이 좋아하는 활동에 더욱 깊이 빠져든다. 처음에는 조심스럽게 시작했던 놀이가 이제는 능숙한 손길과 환한 미소로 이어진다. 블록을 쌓거나 그림을 그릴 때마다 아이들은 자신만의 이야기를 만들어 내며 몰입의 기쁨을 배운다. 그 모습을 바라보는 나 역시 흐뭇하면서도, 한편으로는 아이가 느낄 변화에 대해 더 섬세하게 귀 기울이게 된다.

하지만 11월은 아이들에게도 결코 만만한 시기가 아니다. 한 해 동안 쌓여 온 작은 긴장과 노력이 슬며시 피로로 이어지기도 한다. 아침에 일어나는 것이 유난히 힘들다며 칭얼거리는 날이 늘고, 평소에는 잘 넘기던 사소한 일에도 한 번씩 예민하게 반응하는 모습을 보이기도 한다. 이런 변화를 볼 때면 부모로서 걱정과 불안이 앞서기도 한다. 혹시 우리 아이에게 문제가 생긴 것은 아닐까, 내가 무언가 놓치고 있는 것은 아닐까 하는 마음이 들곤 한다.

그러나 그럴 때마다 나는 아이의 입장에서 생각해 보려고 노력한다. 작은 몸으로 겪었을 수많은 경험과 도전, 그리고 그 안에서 쌓인 긴장과 노력. 아이 역시 어른들과 마찬가지로 쉬고 싶고, 때로는 아무 생각 없이 멍하니 있고 싶을 때가 있으리라. 그래서 최근에는 아이가 지칠 때면 "괜찮아, 네가 정말 많이 노력한 거 알아"라고 조용히 말해 주려고 애쓴다. 별것 아닌 말처럼 들릴 수도 있지만, 이 짧은 격려 한마디가 아이의 어깨를 한결 가볍게 해 준다는 것을 느낀다.

11월은 마무리와 성찰의 시간이다. 창밖으로 점점 옅어지는 햇살을 바라보며 나 역시 아이와 함께 올 한 해를 차분히 돌아본다. 어느 날 저녁, 아이와 나란히 앉아 "올해 유치원에서 가장 즐거웠던 일은 뭐였어?"라고 물어본 적이 있다. 아이는 잠시 생각하더니 친구와 함께 소꿉놀이를 했던 일을 떠올리며 생생하게 이야기를 시작했다. 그 순간 나는 결과나 성취보다 아이가 경험한 과정과 감정에 더 집중하려 했다. 아이의 이야기를 들으며 나는 그 순간을 함께 느꼈고, 아이는 자기 이야기에 귀 기울여 주는 엄마의 따뜻함 속에서 자신이 소중하다는 확신을 얻었으리라 믿는다.

우리 아이 유치원에 다녀요

11월은 부모인 나 역시 아이를 바라보는 시선을 점검하게 되는 시간이다. 결과보다 과정을, 성과보다 성장을 바라보려 애쓰게 된다. 아이가 무엇을 이루었는지에만 집착하기보다 그 과정에서 무엇을 느끼고 어떤 생각을 했는지에 귀 기울인다. 비록 때로는 피로와 권태에 지친 얼굴을 보며 불안함이 스며들기도 하지만, 그 모든 변화 역시 아이가 성장하는 과정임을 마음에 새긴다. 그리고 그런 순간마다 아이에게 따뜻하게 다가가 "너는 충분히 잘하고 있어"라고 말해 준다.

이렇게 11월은 나에게도, 아이에게도 잠시 멈추어 자신을 돌아보고 한 해의 무게를 잠시 내려놓을 수 있는 소중한 시간이다. 아이와 함께 걸어온 길, 서로의 이야기를 들어 주고 이해하며 북돋워 주었던 그 모든 순간이 모여 또 다른 성장을 준비한다. 이 계절이 전해 주는 조용한 울림 속에서 나는 오늘도 아이의 작은 변화에 귀 기울이며, 함께 성장하는 기쁨을 느낀다.

12월, 마음을 나누는 따뜻한 교실

12월이 오면 나는 늘 마음 한켠이 따스해진다. 한 해의 마지막을 맞이한다는 설렘도 있지만, 무엇보다 아이들과 함께 보내는 이 특별한 달이 주는 감동이 크기 때문이다. 유치원에서 맞이하는 12월은 단순히 한 해를 마무리하는 시기가 아니다. 크리스마스 발표회와 산타 잔치 같은 특별한 행사가 이어지며, 아이들은 그 속에서 또 한 번 성장의 계단을 오른다.

무대에 서기 전날 저녁, 아이들은 작은 손을 꼬옥 쥐고 내게 다가온다. "선생님, 떨려요." 그 맑은 눈동자에는 기대와 긴장이 뒤섞여 있다. 나는 아이의 손을 꼭 잡아주며 말한다. "떨리는 건 네가 잘하고 싶어서 그래. 괜찮아, 지금까지 연습한 것만으로도 정말 잘한 거야." 그 순간 아이의 얼굴에 스며드는 작은 미소를 볼 때면, 나는 아이의 마음속에 성취감이 조용히 자리 잡는 것을 느낀다.

발표회 당일, 조명 아래 선 아이들은 누구보다 빛난다. 연습할 때 흘린 땀방울과 포기하지 않고 끝까지 해낸 용기, 서로를 다독이며 쌓아온 우정이 무대 위에서 반짝인다. 아이들이 무대에서 보여주는 결과도 물론 소중하지만, 나는 부모님께서 아이가 그 과정에서 얼마나 열심히 노력했는지, 얼마나 대견하게 성장했는지를 먼저 봐주셨으면 한다. "연습하는 너의 모습이 정말 대견했어. 끝까지 포기하지 않고 잘 해냈구나." 이런 진심 어린 말 한마디가 아이의 마음에 오래도록 남아, 앞으로 새로운 도전을 마주할 때마다 든든한 힘이 되어 준다.

12월은 아이들에게 나눔과 배려의 의미를 알려주기에 더 없이 좋은 시간이기도 하다. 친구와 작은 선물을 주고받으며 얼굴에 번지는 환한 미소, 집에서 가족과 함께 봉사활동을 경험하며 느끼는 따뜻한 마음. 그 속에서 아이들은 물질의 크기가 아니라 서로를 생각하는 마음이 얼마나 가치 있는지 서서히 배워 간다. 선물을 받았을 때보다 정성껏 준비해 친구에게 건넬 때 더 행복해하는 모습을 볼 때면, 나 역시 마음이 뭉클해진다.

올해가 저물어 가는 이 시점에서 아이와 함께 감사했던 일들을 이야기 나누는 것도 빼놓을 수 없다. "올해는 어떤 일이 가장 기억에 남았니?" "누구에게 고마웠어?" 아이와 함께 한 해를 돌아보며 이야기를 나누다 보면, 아이는 자연스럽게 "나도 누군가에게 소중한 존재였구나." 하고 스스로를 소중히 여기게 된다. 나는 바로 그 순간이야말로 12월이 우리에게 주는 가장 큰 선물이라고 믿는다.

이처럼 12월은 크고 화려한 행사보다 아이의 하루하루를 따뜻하게 안아 주는 시간이다. 아이와 함께 기쁨을 나누고, 성

 우리 아이 유치원에 다녀요

장의 흔적을 찬찬히 바라보고, 작은 나눔을 통해 마음의 크기를 배우는 순간들이 쌓여 올해도 따뜻한 마무리가 되어 간다. 나는 오늘도 아이들이 무한한 사랑을 받으며 스스로의 가치를 알아가기를 바라며, 조용히 12월의 풍경 속을 걸어간다.

1월·2월,
서툰 이별 속에서 준비하는 새로운 시작

1월이 오면 나는 교실 안의 공기가 아주 특별하게 느껴진다. 한 해가 저물고 새로운 해가 시작되는 이 시기, 유치원 교실 안에도 눈에 보이지 않는 변화의 기운이 서서히 퍼진다. 아이들의 눈은 반짝이고, 조금은 들뜬 듯하면서도 어딘가 새로운 마음가짐을 품고 있는 듯하다. 나는 매년 1월이 되면 아이들과 함께 조용히 앉아 지난 한 해를 돌아보고, 앞으로 펼쳐질 날들을 준비하는 시간을 가진다.

그중에서 내가 가장 소중하게 생각하는 활동이 바로 '작은 책 그림일기' 만들기다. 아이들에게 '지난 한 해 동안 가장 즐거웠던 순간'과 '내가 도전해서 해낸 일'을 그림과 글로 적어 보자고 제안하면, 교실은 한순간에 작은 추억들로 가득 찬다. 어떤 아이는 발표회에서 노래를 불렀던 순간을, 또 어떤 아이는 혼자서 신발끈을 묶었던 일을 뿌듯하게 그려 낸다. 어린 손으로 그린 서투른 그림들, 아직은 서툰 글씨지만 또박또박 써 내려간 문장들 속에는 아이들이 경험한 성장의 발자취가 고스란히 담겨 있다.

아이들이 자신의 한 해를 돌아보는 그 순간, 나는 늘 조용히 지켜본다. 때로는 무언가를 해냈던 기쁨에 활짝 웃기도 하고, 조금은 아쉬웠던 순간을 조용히 떠올리기도 한다. 그 과정을 통해 아이들은 '내가 해냈다', '내가 자랐다'는 성취감을 느낀다. 그리고 그 감정이 바로 또 한 번의 도전을 향한 용기의 씨앗이 된다는 것을 나는 매년 실감한다. 겉보기에는 소소한 활동처럼 보이지만, 아이들이 스스로 걸어온 길을 돌아보고 자신을 긍정적으로 바라보게 하는 이 시간은 그 무엇보다 값진 선물이라고 나는 믿는다.

아이들이 이렇게 자신의 작은 변화와 성취를 발견할 수 있도록, 나는 부모님께도 자주 조언을 드린다. 1월이라는 시간의 의미를 생각할 때마다, 평가보다는 작은 변화와 노력 자체에 먼저 주목해 달라고 부탁드린다.

"작년에 너는 이런 것도 할 수 있게 되었구나."

"네가 참 많이 자랐구나."

이런 한마디는 아이에게 자기 자신을 긍정적으로 바라보는 눈을 심어 준다. 부모의 이러한 인정과 칭찬은 아이가 스스로를 사랑하고 믿게 만드는 가장 큰 힘이 된다.

또한 1월은 새롭게 유치원에 들어오는 신입생과 그 부모님들을 맞이하는 시기이기도 하다. 처음 유치원에 오는 아이들에게는 모든 것이 낯설다. 신입 오리엔테이션 시간에는 아이가 앞으로 마주하게 될 하루 일과와 선생님과의 첫 만남, 교실과 놀이공간을 직접 경험해 볼 수 있도록 준비한다. 그 시간을 준비하면서 내가 가장 강조하는 것은 바로 부모님의 마음가짐이다.

우리 아이 유치원에 다녀요

부모님이 긴장하거나 걱정을 숨기지 못할 때, 아이는 그 불안한 기운을 고스란히 받아들인다. 아직 말로 다 표현하지는 못하지만 아이는 부모의 표정과 목소리에서 감정을 읽는다. 그러면 자연스럽게 두려움이 커진다. 반대로 부모가 환하게 미소 지으며 "오늘 새로운 친구를 만날 수 있겠구나", "정말 즐거운 하루가 되겠다"라고 말해 주면 아이의 작은 마음도 한결 가벼워진다. 부모의 따뜻한 믿음과 격려가 아이에게 새로운 시작을 향한 용기가 되어 주는 것이다.

1월은 참 묘한 시간이다. 이미 걸어온 길을 돌아보며 성장의 흔적을 확인하는 동시에 또 다른 출발선을 바라보게 된다. 마무리와 새로운 준비가 동시에 이루어지는 두 얼굴의 달, 그 안에서 나는 매해 아이들이 한 뼘 더 자라는 모습을 지켜본다. 그리고 부모님의 따뜻한 격려와 믿음이 아이의 다음 걸음을 밝히는 가장 큰 힘이 된다는 것을 잊지 않는다.

언제나처럼 1월이 오면 나는 아이들과 함께 또 한 번의 출발선 앞에 서 있다. 어제보다 더 자란 오늘의 아이들을 바라보며, 나는 조용하지만 든든한 마음으로 또 한 해를 시작한다.

곁에서 나란히 걷는 그 마음

한 해를 아이들과 함께 보내고 나면, 늘 가슴 깊이 남는 깨달음이 있다. 아이들은 어른들이 가르치고 이끄는 대로만 자라지 않는다는 사실이다. 저마다의 작은 보폭으로, 자신만의 속도에 맞춰 세상을 만나며 조용히, 그러나 단단하게 성장해 간다. 따스한 봄바람이 불던 무렵, 낯선 교실에서 조심스럽게 친구의 눈치만 살피던 아이가 어느덧 찬 바람이 부는 가을이 되자 까르르 웃으며 씩씩하게 자신의 자리를 만들어갔다.

그 빛나는 변화를 지켜보는 일은 매년 겪어도 늘 벅찬 감동으로 다가온다.

아이들을 훌쩍 키우는 건 대단하고 특별한 사건이 아니다. 용기 내어 친구에게 먼저 말을 건넨 날, 제 손으로 묶어보겠다며 낑낑대던 신발 끈, 쿵 넘어지고도 툭툭 털고 일어나 멋쩍게 웃어 보이던 찰나의 모습들. 어른의 눈엔 스쳐 지나가는 사소한 일상일지 몰라도, 아이들에겐 세상을 향해 내딛는 분명하고도 묵직한 한 걸음이다.

그 곁에서 하루가 다르게 변해가는 아이들을 지켜보며 나는 자주 다짐한다. 아이를 키운다는 건 앞에서 손목을 쥐고 끌고 가는 것이 아니라, 곁에서 나란히 보폭을 맞추며 걷는 일이어야 한다고. 묵묵히 기다려 주고, 온전히 믿어 주고, 가끔은 다정한 눈빛으로 응원해 주는 것. 그 단순하고 투박한 연대가 아이를 버티게 하는 가장 큰 힘이 된다.

이 책의 마지막 장을 덮으며, 그동안 아이들의 곁을 든든히 지켜주신 부모님들께도 이 마음을 꼭 전하고 싶다. 우리 아이들은 이미 자신만의 속도로 아주 훌륭하게 자라고 있다. 행여 남들보다 조금 더디게 걷는 것처럼 보여 조바심이 나는 날이 있었을지라도, 아이는 그 멈춰 있는 듯한 시간 속에서도 기어코 자신만의 단단한 뿌리를 내리고 있었다. 그러니 불안함보다는 굳건한 믿음으로 아이의 등 뒤를 지켜주시기를 바란다.

오늘도 아이들은 어제보다 딱 한 뼘 더 자랐다.

삼성유치원 원장

배미경 드림

 우리 아이 유치원에 다녀요

우리 아이 유치원에 다녀요

1판 1쇄 발행   2026년 4월 1일

지은이   배미경
펴낸이   정원우
편집총괄   민지현
디자인   홍성권

펴낸곳   어깨 위 망원경
출판등록   2021년 7월 6일 (제2021-00220호)
주소   서울시 강남구 강남대로 118길 24 3층
이메일   book@premiumpublish.com

ISBN   979-11-93200-74-2 03810